紀伊の風のように

―下駄履きで詠んだ五七五―

野村 泉 著

イマジン出版

まえがき

竹売りの声秋空につつ抜ける

母　野村泉が、俳句を始めて2、3年の時に読んだ句である。俳句の嗜みのない私にも、紀州、和歌山の澄んだ秋の空の下で、「竹え〜」「竿竹え〜」という竹売りの声が聞こえてくるような調子の良い句で、この句は良く覚えていた。

見送りし子の振り向かず天の川

あわただしく帰省し、実家を後にする時、母はいつも玄関の外に出て見送ってくれた。私はといえば、実家でののんびりとしたつかの間の生活から東京での現実への準備モードに切り替える瞬間であった。明日からまた社会との戦いと葛藤の生活が始まる。確かに言われてみると見送ってくれた母の方を、振り向いたことはなかった様に思う。母には七夕の短い逢瀬にも感じられたのだろう。

鈴虫の壷の中にて泣き止みぬ

この句は母らしい句であると思った。壷のなかで生涯を終えてしまう鈴虫の不条理。体制にあわせてゆく姿勢を嫌った母は、良い意味であきらめることを知らなかった。また自分の考えるところをきちっと主張した。生活者としての母は、揺るぎのない信念を持ち、そしてその実践家でも在った。個性的なことがともすれば厭われる社会にあって、個性が発揮できる句会、そして参加者が自由に選句できる句会は、母にとって楽しみでも生きがいでもあったのだろう。

母は、壷の中の鈴虫を哀れみをもって見ていたのか？　母自身を鈴虫になぞらえていたのか？

雲海に浮かべる雲や熊野灘

書家の中村汀花さんによって揮毫されたこの句は、実家の居間に長く飾ってあった。芭蕉の

荒海や佐渡に横たふ天の川

を彷彿とさせるこの句をわたしは気に入っていた。夏が嫌いで夏に出歩くことを、

嫌っていた母だったが、熊野灘を一望できる山の上から感性を解き放つようにこの句を詠んでいる。自然と一体になって詠まれたこの句にある種の近寄りがたさと神々しさを感じる。

一山の露に寄り合う無縁仏

母は京都嵯峨野の念仏寺が好きで、人でにぎわう時期を避けて出かけて行った。嵯峨野の山に囲まれた念仏寺に所狭しと祀られている多くの無縁仏。母は一人たたずみ、寄る辺のない無縁仏にとって、「寄り合う」場所と見た。どのような思いでこの句を詠んだのだろう。

子育てを終えて俳句を始めた母は、そこに水を得た魚のように生き生きとかつエネルギッシュに創作活動に励んだ。戦争で奪われた青春と、子育てと生活に追われた時間を取り戻すように……。

雲海の句や無縁仏の句は、母らしい句であったが、私などの素人には手の届かない孤高の世界に行ってしまったと感じた俳句だった。

母が亡くなってから発見した手書きの俳句自選集を読んで見ると、庶民の身近な生活の情景や息吹が聞こえるような俳句が並んでいた。詠み上げた情景も、私たちが大事に残しておきたいと思う身近なふるさとの自然そのものだった。

大いなる落日に逢う蓮根堀

普段は人に見せない寂しさを素直に詠んだ句もあった。

赤飯を炊きてひとりの敬老日

この句を知った私は、慌てて敬老の日に花を贈り始めた。

冷やかして買うはめになり植木市

私も物売りを相手にしてよく値切ることが在る。買うつもりがなく、「負けてくれ」といった後「負けておきましょう」と応えられた時、引っ込む場所がなくなってしまう。「やっぱり止めとく」といった失礼なことはできない。商売をめぐっての何気ないやり取りも真剣勝負であり、だからこそ面白い。

海苔の海とろりと船の裏を干す〈加太〉

海苔の産地である加太や和歌浦は、時間がいつもゆったりと流れている。特に海苔は自然まかせ、海まかせだ。昼間は舟もひっくり返して干している。何もかもが「とろりと」進む。女達は、早朝、男達が漁をした魚と自分たちが採取した海苔を担いで、昼間は近くの町々に行商に行く。生活の厳しさを抱えているがゆえに自然の営みは、よりゆったりと感じるのかも知れない。

この水の湧き出るかぎり紙を漉く

和紙は、最近でこそ少し見直されてきたがこの紙漉きの仕事も厳しい。後継者の不足に困っている。紙を漉くものの気負いが、「この水の湧き出るかぎり」と伝わってくる。

残してゆきたい日本の伝統を支えたてきた職人の心意気を詠んだ句のほかに

花菜漬二人となりし古茶碗

花の宿あっけらかんと死の話

といった晩年を迎える中で、誰もが直面する老、病、死そのものを詠った俳句も作られた。

母は、紀伊の国、和歌山の各地を自分のフィールドとしながら、自分が行きたい日本各地をある時には一人で、あるときには句会の仲間達と、訪ね歩いている。母の足跡を辿ると、そこに詠まれている自然や風物詩は日本のふるさとそのものであり、日常の生活のなかで詠んだ句は、一人の庶民としての目線で喜怒哀楽が表現されている。

紀伊の国で生を受け、育てられた俳人野村泉は、ふるさとの風のように各地を着物と下駄履きで訪れ、多くの俳句を生み出した。

心に響きあう句と出会ってもらえれば亡き母の喜びとなり、なによりの供養になると考える。

青木泰（次男）

目次

推薦にかえて

俳句は日記。日々の呟きでいいのだ、と私は幾つもの教室で言ってきた。ときには感動を、悲しみを、よろこびを、怒りを。呟きをとおり越し叫びになることもあろうが、その人の人生の記録が句集という日記帳である。

私のこれまでの三冊の句集を読み返せば、おのずから数年間の身辺のストーリーが見えてきて面白い。

この度、妣（亡き母）のストーリーを知った息子は時に微笑み、時に涙し、時に感動の声をあげたに相違ない。

『当たり前だが、人生とはその人の生きている時間。愛するとは、その大切な自分の時間を相手の為に使うことだ』と言ったのは愛を描いた映画監督・木下恵介の言葉である。

夫や子の為に自分の時間を使ったことは言うまでもないが、野村泉さんが自分の為に使った時間の記録がこの句集である。

句の上達を筆者は、句会に出ること、他者の句に多く触れることと思っている。

この度、野村泉さんの句に出会い「ああ、そうだなあ」と感心したり、納得したり私自身おおいに勉強になった。
多くの冊誌の中から妣の句を探し出し、この度纏められた息子・泰さんの労を称えるとともに、泉さんの句の中から私好みの一句を記したいと思う。

春浅し蛸壺かわくあまの路地

こんな光景を私も見たことがある。忘れかけていた光景を想い出させてくれたのもこの句集のお陰である。泉さんの時間を私も追体験させて頂いた。

俳優・小倉　一郎
俳号　蒼蛙《そうあ》

（二〇〇七・五・二十六）

俳句にみる
ふるさとの息づかい

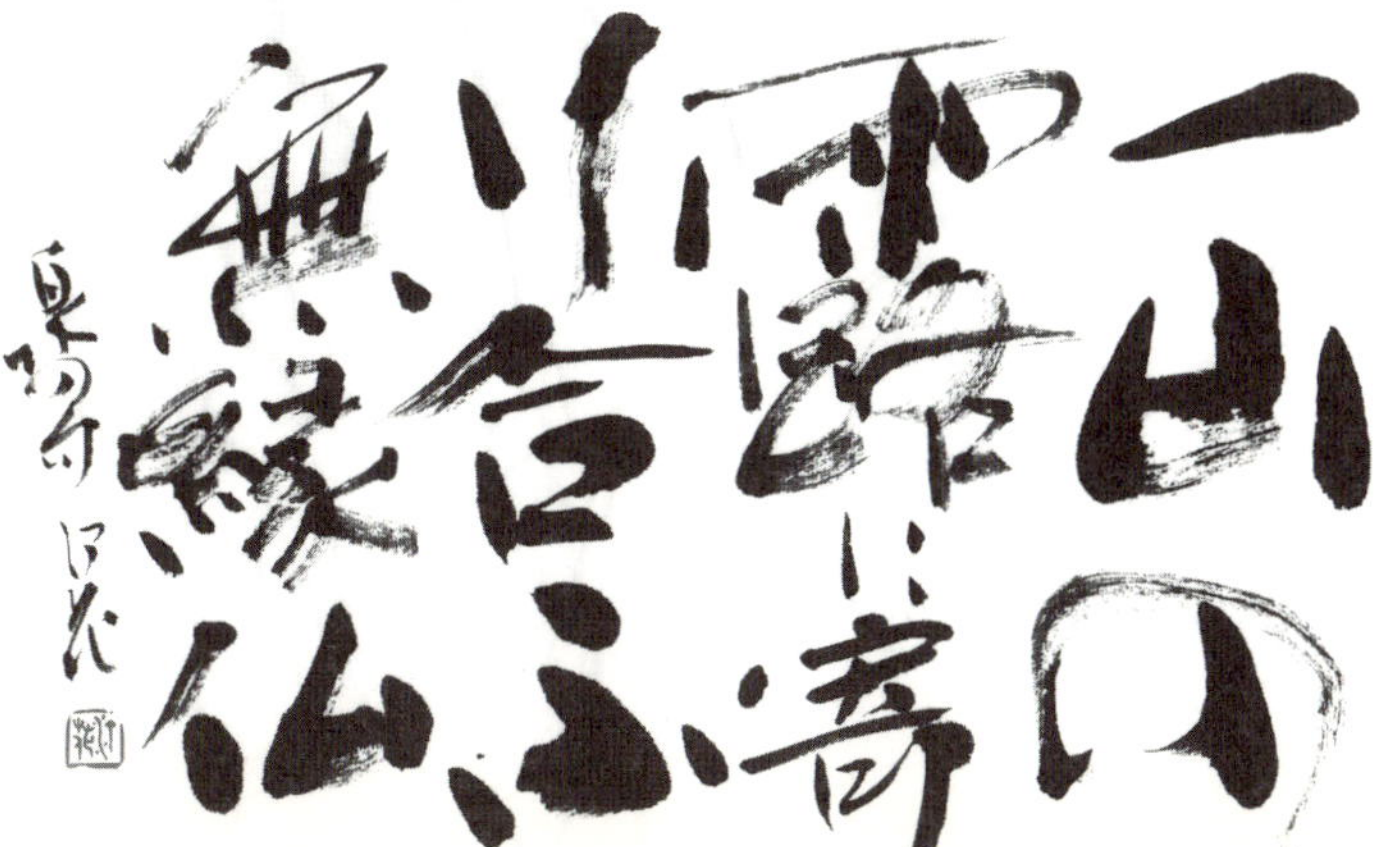

〈自然・いのち讃歌〉

竹売りの声秋空につつ抜ける

雲海に浮かべる雲や熊野灘

万緑へ学僧つよく魚板*打つ

藤波のうねり匂えり札所寺*

火の神に燭《しょく》を捧げて炭を焼く

大いなる落日に逢う蓮根堀《はすねほり》

一山の無音となりて滝凍つる。

魚板（ぎょばん）
魚の形をした板で、たたき鳴らすことで人を集める合図とした。

札所寺（ふだしょでら）
西国三十三ヶ所巡礼は和歌山、奈良、京都、などの観音様を祀ってある札所寺をまわった。

〈侘び・寂び〉

春の雪足跡のなき女人堂*
夕ざくら茶毘*の中より足袋こはぜ
鈴虫の壷の中にて泣き止みぬ
兜《かぶとむし》　虫売れ残りしは闘わず
空深く消えて添水*の間を置けり
供華《くげ》枯れて去来*の墓の寒晒《かんさら》し
冬の蝿人のそろわぬ法事すむ

女人堂（にょにんどう）
明治5年まで女人の入山を禁じた高野山。女性は各参道入口にある女人堂に籠もり、女人道を通って大師御廟に参った。

茶毘（だび）
火葬のこと。こはぜは、足袋（たび）の留め金。

添水（そうず）
添水とは、水を引いた竹筒が、一杯になると重みで水を吐き、元に戻るときに音を発する仕掛け。ししおどし。

〈寂しさ〉

さみしさの身内つらぬき青田風*

見送りし子の振り向かず天の川

ひとり寝る水漬るごとく蚊帳の中

嵩《かさ》のなき葱の束買う秋の暮れ

そこはかとなき風過ぎぬ秋風鈴

赤飯を炊きてひとりの敬老日

*楢山節考読み返し見る秋の暮れ

去来（きょらい　のはか）
芭蕉の門下十哲のひとり、向井去来。すみ家「落柿舎」の裏の弘源寺に去来の墓がある。京都嵯峨野。

青田風（あおたかぜ）
青田は夏の季語。成長した稲の苗が、青々と広がる風景を、青田といい、その上を吹き渡る風が青田風。

楢山節考（ならやまぶしこう）
深沢七郎の小説で老婆捨て山が知られている。

〈狂言〉

冷やかして買うはめになり植木市

*初凪や*医者いらず咲く岬の医家

*鳥曇り女はいつも袋持つ

あやまって蠅取蜘蛛を打ちにけり

炎天へ開き直りて踏み出す

サングラスはずして拝む滝の神

廃業の魚屋咲かす*鯛釣草

初凪（はつなぎ）
1月の季語。

医者いらず
アロエのこと。皮をむき、火傷に塗ったり、生食、ジュースでも利用する。

鳥曇り（とりぐもり）
春の季語。渡り鳥が春に北へ帰り始めることから、その頃の曇り空のこと。

鯛釣草（たいつりそう）
別名けまんそう。釣竿でタイを吊り上げたのに似ている。

ふとぶとと残りし葱の葱坊主

仏壇を出て油虫打たれたり

〈風物一〉

大寒の水に豆腐を放ちけり

この水の湧き出るかぎり紙を漉く

*海苔の海とろりと船の裏を干す　（*加太）

春浅し海女の焚きつぐ*磯かまど　（加太）

夕牡丹釜に煮詰まる*陀羅尼輔

加太（かだ）
万葉の時代から、潟見の浦と詠まれていた和歌山市郊外の景勝地。

海苔の海（のりのうみ）
海苔が採れるのは晩秋から春にかけての冬場。新海苔の収穫は一般に初春で、春の季語。

磯かまど（いそかまど）
2月の季語。若布刈の海女のあたる焚火の囲い。

陀羅尼輔（だらにすけ）
正しくは陀羅尼助。古くからの伝統に支えられ

加太の路地洗濯ばさみに昆布干す

大門につどいて燕帰りけり（根*来寺）

峰*入りの若き頭上に幣*を振る

滝しぶきうけつつ巫女《みこ》の舞納む

合*掌家脚立に乗りて障子貼る

杉*玉に注連《しめ》かけ木曽路冬に入る

冬の虹湖《うみ》よりでて比*良に懸《か》く

た民間薬。

根来寺（ねごろじ）
和歌山県岩出市にある新義真言宗総本山の寺院。

峰入り（みねいり）
大峯山へ参拝する行者や山伏は、その前にお社でお浄めをする。

幣（へい）
神主がお祓いのときに使う棒。

合掌家
豪雪地域に残されている。勾配の急な茅葺きの屋根を特徴とする住居。障子貼りは晩秋の季語。

〈女〉

白髪ぬき紅を粧《よそほ》い春愁や

春愁やふるれば高き琴の音

緋牡丹の揺れ崩るるを恐れけり

黒《くろ》目《め》傘《がさ》尼のうなじを覆いけり

うすものを仕舞う胸内貫くもの

蛇入りし土蔵の中の真暗がり

枯るる菊色とりどりの炎あり

杉玉に注連（すぎだまにしめ） スギの葉（穂先）を集めてボール状にし軒先に吊し新酒が出来たことを知らせる。季語は晩秋から冬。注連とは清浄な場所を守る結界の役目をする縄やひもを張り巡らせるもの。

比良（ひら） 琵琶湖の西岸に南北に横たわる１０００ｍ級比良山系。

〈人生〉

花菜漬二人となりし古茶碗
子を生さぬ夫婦に満つる月下美人
絢爛と牡丹咲かせて余生かな
灰少し足らざりしまま炉*を開く
灸花ぼんのくぼより老いゆけり
花の宿あっけらかんと死の話
手鏡にわれとうつりし夕桜

炉を開く
冬の季語。11月初旬、立冬をむかえると茶室の「炉」を開く。

停年の夫ていねいに菜を間引く

長生《ながいき》の怖れじわじわ*虫の闇

ひとはみな*二面石なり秋の暮れ

虫の闇（むしのやみ）
秋の季語。虫の音がするあたりが深い暗がりで、一層虫の音が強調される。

二面石（にめんせき）
奈良県明日香村の橘寺境内にある石造物。左右両面に顔が刻まれ、人の善悪の表情を、表裏一体にしたものだと言われている。

〈社会〉

元日の灯を煌煌《こうこう》と養鶏場

苗くばり老婆押し行く一輪車

廃市電浜につみあげ五月闇*

埋め立てし海をさえぎる青簾*

生きながら焼かるるということ原爆忌

ゴッホの絵久しくかかり油照り

文化の日行商婦に錠下りる家

五月闇（さつきやみ）
夏の季語。五月雨が降る頃のどんより曇った暗さ。暗雲が垂れ、むせかえるような緑の中での一層深い夜の暗さの生生しさをいう。

青簾（あおすだれ）
青簾はすだれの竹がまだ青いまま。夏の季語。

炬燵《こたつ》入れ蚊帳吊しをり世紀末

残留孤児みな老いゆけり鳥渡る

過疎の村学童も待つ鶴来るを

皺《しわ》の手をしごきしごきて注連を綯《な》う

〈希望・発見〉

夕牡丹こんなところに芦雪*の絵

潮の香にまみれし子らの真白き歯

踊り唄口ずさみつつ櫓*解く

御堂筋巡査の肩に銀杏散る

芦雪（ろせつ）
長沢芦雪。江戸時代、丸山応挙の弟子で奇想の絵師といわれる。南紀の地で才能を発揮し、串本市に約２７０点の作品を残した。無量寺境内には応挙芦雪館が開設されている。

櫓（やぐら）
この句の季語は「踊り」で秋。櫓とは、昔、城の見張り場の高い建造物のことだが、この場合は盆踊りの太鼓やぐら。

〈風物二〉

彼岸花田のまん中の墓飾る

梅雨の月夜店の風船一つ逃げ

夕市に霰*たばしる魚買う

夏行僧箒目《はきめ》ふかくつけて掃く

枇杷《びわ》をもぐ峡の雨霧払いつつ

いさぎよき炭火の土用*稽古かな

なす漬けぬははの味をばおもいだす

霰たばしる（あられたばしる）
霰が冬の季語で、雪と雹の中間の状態で水蒸気が凍って降る。たばしるとはなにかにぶつかってはじけ散るさま。

土用稽古（どようけいこ）
季語は土用で夏。7月20日頃から立秋の前日までの18日間をいい、1年中で最も暑い時期。茶道で土用稽古といえば、暑い中で着物をつけ、涼しげに装う。

竹の影しずかに置きて十三夜*
峡の田の初藁塚*のうすみどり
尼寺の練炭*火鉢豆を煮る

十三夜（じゅうさんや） 季語は秋。名月を鑑賞する「お月見」の風習で、旧暦八月十五日の十五夜と、日本古来の旧暦九月十三日の十三夜が美しい月であると重んじる。

初藁塚（はつわらづか） 稲刈りを終え、稲束を脱穀した後、藁を積み上げて保存したもので秋の季語。刈り取ったばかりの稲はまだうすみどりが残る。

練炭火鉢（れんたんひばち） 火鉢は冬の季語。

〈いのち礼賛〉

烏瓜野を行くものに灯をともす

緑陰*をなせり桃なき桃畑

おどろなる水をくぐりて鮎育つ

大きな鉢に灰をつめ、真中に火をつけた炭や練炭を置いて暖をとる。練炭とは、一度点火すると数時間使用可能で豆を煮る場合などは重宝。

緑陰
緑陰は夏の季語。樹木の下の陰のこと。夏にはまだ桃は実ってはおらず、桃畑は一面の緑。

俳句の醍醐味
―選句評にみる―

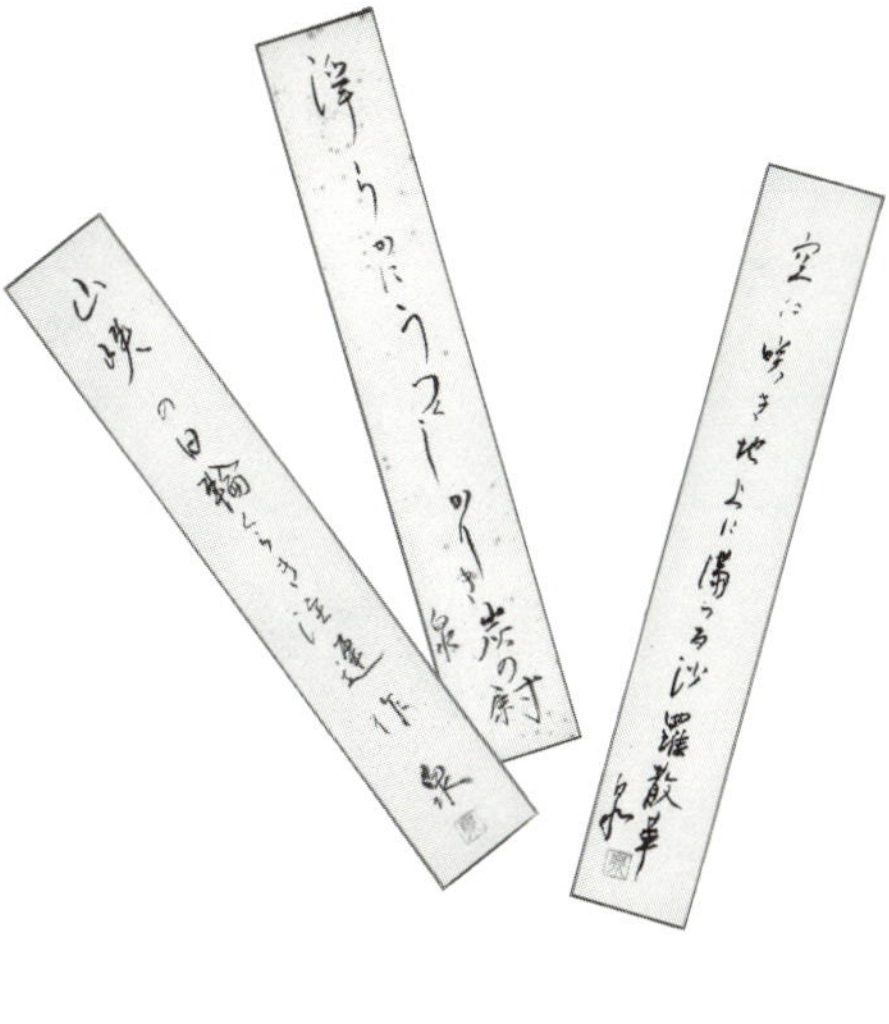

茶道誌「淡交」淡交俳壇

一九六八年（六月号）

一席

雛流し終りて海女は海に入る

——山口誓子評

淡島神社の雛流し。雛流しの行われている間、海は神の海だった。その神事が終わると、海は海女のものになった。海女は生業のためにその海に潜る。

神の海が海女の海に戻ったのだ。

「俳句」（角川書店）雑詠より

見送りし子の振りむかず天の川

一九六八年（三月号）

――池内たけし選後評

見送ってやった子は振り向きもしなかった。空には天の川が。親として淋しく。

朴《ほう》の花通い尼堂とざしたり

一九七三年（十月号）

――石川桂郎選後評

堂守を兼ねた尼僧に、閉堂の時刻が来る。夕闇の中にほつかりと咲いた朴の花と、通い尼のたたずまいが静かに描かれて妙。

鵙《もず》の贄《にえ》がたぴし開ける紙漉場《かみすきば》

一九七八年（三月号）

――石原八束選後評

カミスキ場は昔から受けつがれて来たものだから、この「がたぴし」が切実な描写。その軒先あたりに刺されたモズのニエも生々しい。

加太の路地洗濯ばさみに若布《わかめ》干す

一九七八年（七月号）

――山口青邨選後評
和歌山県加太浦、その漁村。路地に若布が洗濯挟にはさんで干してある、珍しい情景。流れ若布でも拾ふのであらう。

夕ざくら茶毘《だび》の中より足袋《たび》こはぜ

一九七九年（九月号）

――野沢節子選後評
茶毘にした灰の中に、金属の足袋のこはぜのみ焼け残った。悲しみの極みの句である。折から眼を外に移せばさくらがしろじろと暮れかけている。対象をもって語らせているので、悲しみが沈潜し、胸に滲みて通ってくる。

「けいてき」小野田凡二選

ぬくければ十二月に衣張る　一九六六年（二月号）

気になっていた張り物を、春のような冬の暖かき日を得たので張ったというのである、恵まれた麗日である。十二月だのにとありがたく感じる、この好天がやがて自分の幸福にも響いて女のやさしい感謝の心が溢れ出る

花まつり造花の下に頚さむし　（五月号）

町をあげて桜まつり、雑踏に酔うて喫茶に憩うたのだろう。協賛するどの店も造花の桜をもて飾ってある。白々しい人工美、夕映えが頭筋にあった。

雨降れば真青に茹でて豆の飯　（七月号）

私は豆粥豆飯を好む、それは米と共に煮るのである。真青に茹でて豆飯とすることは知らぬが、農婦が、麦秋の昼を真青に茹でるということ、愉心、それが「雨降る日」の静けさである、閑けさである。

烏瓜《からすうり》野をゆくものに灯をともす　一九六七年（二月号）

長田観音に塔のあった頃、私は母雀さんのご案内で塔にうつる冬日を眺め、それから粉河へ歩いた。母雀さんは国道二十四号と県道上淡路街道を避けて、その中間のあぜ径を取った。冬ざれの野から顧みる長田の塔は美しく見えた。行く程に小川に沿って櫨の冬木につぶらに実がなってあるその梢に烏瓜が列をなして垂れ、余勢は隣の何かの常盤木の間に及んで赤く輝いていた。吾等を歓迎する鄙びた装飾である。野の美しさ、俳句するものの有り難さをつくづく感じた。私の生家の門前の小川に沿うて風除けの椿が並ぶ、その照り葉の緑の中に烏瓜がイルミネーションのようにある。冬から春へ、椿の花が赤く咲きあふれる迄ある、私は帰るたびにこの暖かい景色に迎えられる。「野を行くものに灯をともす」烏瓜から、見るものの胸に暖かい灯がともる思いである。

春愁や真白き襟にかけかふも

一九六七年（五月）

女の身だしなみである。春うら〵かともなれば、僅かな塵さへ目に立つ、ましてや襟垢のついたものはまとうべくもない。真白き襟にかけかえて、端正な装いを保つことにする。だが、その真白き襟の正した身に尚も春愁のまつわるとは何故か、春である、女である。

なめこ売るねえさま眉目ととのいて

（十二月号）

飛騨高山朝市と前がきがある、小京都といわれる高山の町のた〵ずまいがよくテレビに出て朝市も珍しく見せられる。美人系というからみめもよかろうが「ねえさま」とは可愛い〵呼称。

台風すぎ実をつけしもの散乱す　一九六八年（同十月号）

宮の馬場に楠の実の枝が落ちていた、隣のかどに棗の実の枝が落ちていた。親達は稲の被害を言っていたが子供は柿の落ちたのが悲しかった。郷愁である。

南門出でて門田の穂の匂ひ　（十一月号）

秋篠寺という前書きがある、晩秋の古寺を訪い、建築にも仏像にも、心満ち足りて寺を出た。門を出るとそこの稔りの秋があった。一杯に稲穂の匂いが漂っていた、〝秋の田の刈り穂の庵の〟昔と今とが渾然ととけ合っていた。

林道の深き轍《わだち》や笹鳴けり　一九六九年（四月号）

谷水の伝う林道である、深い轍に山林の生活を思う。笹鳴きが聞こえて心を軽からしめる。

春愁や触るれば高き琴の音

（六月号）

音はオトであってネでない。物が触れたオトで爪が触れたネでない。立てかけたが、そのままかの琴に、何か触れた、この場合爪であってもそれは物としてである。琴は驚く程の高音を発した、春愁の佳人の憂うつを一層深からしめた。春愁というより寧ろ春怨といいたい。

落款《らっかん》のある夏帯の形身なり

（八月号）

肉筆の絵かもしれない。織込みの落款でもよい。古風に鮮やかに表した落款である。しかしそれは形見として蔵っているので平常愛用するのでない。形見と落款の取り合わせである。

羅《うすもの》をしまふ胸内つらぬくもの

（十一月号）

秋立って羅を片付ける、この羅衣に大きな事柄がまつわっている。羅という衣服のせいか、夏という開放感の季節のせいか、顧みて慄然たる思い出がある。この羅である、それを片付けんとして胸を貫く悔恨があるというのである。羅であるということが、胸内をつらぬく感情をこう解釈させる、私の暴想であろうか。

夕月に葱《ねぎ》一にぎり引きにけり

一九七〇年（一月号）

自給自足、夕餉のために自園に来た。夕月が薄く懸かっている。その夕月に自分の存在が蘇える、小さな人生であることも、無為な日常であることも、そしてまた小さな幸福であることも。

落鮎《おちあゆ》のゆらりと過ぐる水の色

（十二月号）

三尺の秋水といって日本刀の曇りなき釼の光りを秋水にたとえるが、秋水の悉くは釼の閃きではない。夏の緑を育て終わった水は、錦繍の木々の下を潜って流れ出る秋であり、これが集まって大河となって洋々たるも秋の水である。秋の水ではなくて水に秋を感じるのである。水の流れを見て暮らすという語があるが、水の流れに秋を感じているのは快い。その水の中を鮎がよぎった。子持ちの膨らんだ鮎、秋の深い空に染まったような皮膚の鮎が通った。〃ゆらり〃という形容が、秋の水と秋の鮎にぴったりである。消えた鮎は尚瞼に残って水はあくまでも秋の色をしている。

すんなりと細き能登路の懸大根《かけだいこん》　一九七二年（一月号）

能登の海岸を見に行ってこんな景色に会った。そしてそのまゝにすんなりと写した。すんなりは写した人の心だ。険しい今の世に美しい心である。

絹ほどくごとく崩るる白牡丹　（六月号）

美しきものゝ崩るゝは更に美しい。平家の崩るゝは源氏の興るよりも美しい。白牡丹の崩るゝに寄する吟懐。

あやまって蝿取蜘蛛《はえとり》を打ちにけり　（九月号）

蝿虎というやつ、獰猛な剽悍な見るからに憎々しいものだが、蝿を捕らえることの敏速さは又褒めてやりたいとも思う。蝿だと思って打ち殺したのは、蝿をくわえて這っているこの蝿虎であった。その時の複雑な感情がこの句になった。

堂前の沙羅《さら》の落葉のはじまりぬ　（十二月号）

釈迦涅槃のみぎり枯れた二本の沙羅は天を覆う大樹だったというが、日本の俳句が詠む沙羅は落葉樹の夏椿のこと。この句は高野山普賢院芭蕉堂の辺りかと思われる。院主森寛紹大僧正俳人白象先生が植えられた堂前の双樹の沙羅は春に芽を夏に花を、そして十月、下界に魁けて落葉する。秋早き高野の浄らな庭に佇ってひとしおの感を覚えた作者であろうか。

冬の蝿人《はえ》のそろわぬ法事すむ　一九七三年（三月号）

お寺での法要である。去るもの日に遠く、人は揃わなかった。だゝっ広い本堂でそれは空々しかった。冬の蝿の弱々しいのがいた。

崖上の人の瞳と合う蓬摘む　（五月号）

釣りがたき、百姓がたき、同じことをしていると敵意が湧く。崖の上に蓬が多いのか、下の人がいゝ所を見つけたのかと、合した瞳にチカッと火花が散る。

いさぎよき炭火の土用稽古かな　（十月号）

お茶の稽古である。いさぎよく熾った炭火は、炎暑の夏を征服する。和服をきちんと着込んだ師弟共々。また炎暑を克服する気構えである。正に心頭滅却すれば火も亦涼しの慨。

切子の尾うす絹にして風さそう　（十一月号）

大抵の切子は紙の尾であるが、薄絹を垂らしたのに庵主の人柄もしのばれる。風もそれにさそわれて厚意に報いるのかも知れぬ。

はじらいもなく荒梅雨に男傘　一九七四年（十月号）

男が面倒臭いという姐御、まして今時の女は、あれは何じゃいとその亭主ごとさけしむ女性の像、荒梅雨を背景にして描き出された。

甘露寺という字《あざ》つづき蓮咲けり　一九七五年（十月号）

南海貴志川線の終点近くにある字で、菊作りの名手がいて菊で名高い、大池遊園あたりから溜池が所々にあるし、農家には池とも堀ともつかぬ水溜りを持っている、そこに蓮が生えているのであろう、甘露寺という地名に蓮を美しと見たのである。

秋風の洗うごとしや蚊帳《かや》たたむ　一九七七年（一月号）

秋の風の爽やかに蚊帳に吹く。蚊帳は風に吹かれてすなほに靡く、麻の感触は颯々として清め祓われるようだ。朝の蚊帳ではない。蚊帳の別れであろう。

空深く消えて添水《そうず》の間を置けり

一九七七年（三月号）

大きな石を置いてその頭を太い切竹が叩く。カランカランと鳴ってそれが谷に渡って空高く消える。猪威しの添水である。秋空高くを深くと表現したのは谷の深さである。空寂を破る音は渓谷を讃える音である。秋の山に浸って次に鳴るべき音を待つ、待つ身には長い間（ま）である。この間が芸術の妙味で、演劇にも絵画にも間が芸の妙味を生かす。道成寺の絵巻物を見ると清姫が薄情男を追っかける、裾をはし折って、草履をけとばして、口から炎を吐いていよいよ本場の日高川かとめくった所に藻塩やく塩田風景がある。「こゝは塩屋といふところ」と憎々しいまでに静かな風景画だ。これが間である。添水のこの場合の間が秋山の瀞渓の流れの幽邃を深しめているのである。この句情況に申し分もないが空深くと間の字句が完璧といえよう。

粕汁を作りすぎたるひとりかな　一九七八年（六月号）

粕を入れすぎたのである、相応するように水を追加したら粕汁がたっぷり出来て独り者には処置がない、独り者は苦笑して諦めている。

雪しづれ末社も雪のかこひせり　一九七九年（六月号）

本殿には厳重な雪囲いをしている、小さいながら末社にも雪囲いをしている、それが宮居の荘厳を保つ、時に大樹の枝からしずれ落ちる雪、冬深くして詣ずる人は稀。

泉のいとおしんだ世界

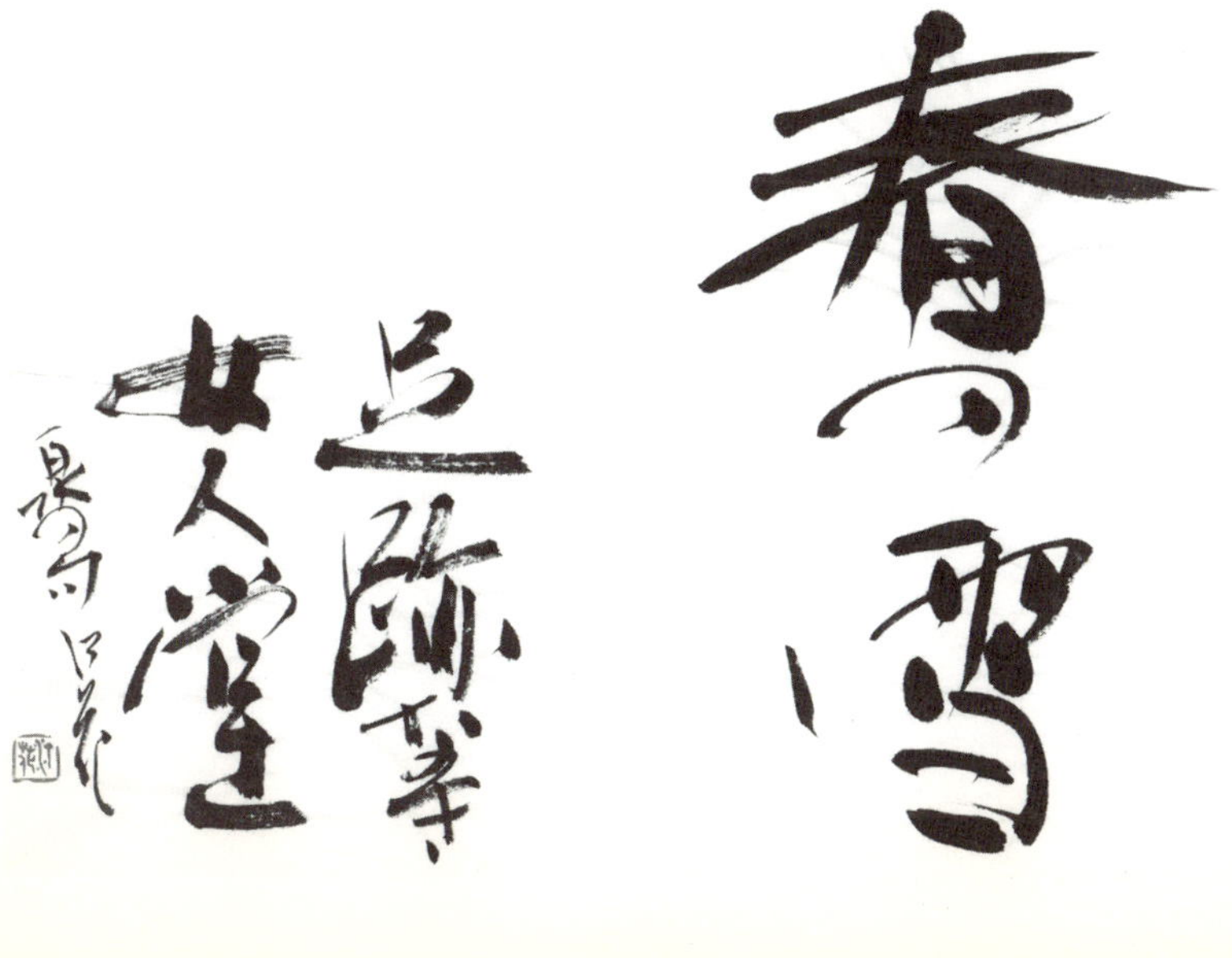

〈雪〉

春の雪足跡のなき女人堂　（一九七三）

雪解けの峡にかがやく紙を干す　（一九七八）

雪晴れや一揆の遺す手紙読む　（一九八八）

〈渡り鳥〉

残留孤児みな老いゆけり鳥渡る　（一九九二）

しろがねに流るる紀ノ川鳥帰る　（二〇〇二）

鶴の墓
山口県周南市にある。昔から鶴が渡来する場所。明治時代、漁師の発砲で傷付き、死んだ鶴の供養のために裏山の

〈鶴〉
過疎村の学童も待つ鶴くると　（一九八七）
畦道《あぜみち》の尽き尽きしところに鶴*の墓　（一九九八）

〈白鳥〉
白鳥に青く昏れゆく白鳥湖*　（一九九七）

〈鶯〉
何十年ぶりに鳴くうぐいすや退院す　（二〇〇二）

〈ほととぎす〉
分校の時針十二時ほととぎす

〈鵙〉
てんぷらのからりと揚がる鵙*日和　（一九八四）

林の中に、建てた小さな鶴の墓。

白鳥湖（はくちょうこ）
白鳥の季語は冬。長野県安曇野市豊科地域を流れる犀川の途中にある人造湖。10月から4月にかけて1、000羽以上もの白鳥が飛来する。

鵙日和（もずびより）
鵙が秋の季語。キーッキーッと鋭い声で鳴く鵙の高鳴きの声がよく通る晴天を、鵙日和、という。

〈燕〉

御嶽《おんたけ》に向かい燕の巣立ちけり　（一九八五）

初燕千本格子《せんぼんこうし》の郵便局　（一九八六）

〈夕ざくら〉

*閻王の面和《やわ》らぐ夕ざくら　（一九六九）

〈月〉

仏の扉大きく開き月祈る　（一九七一）

月明かりにタンカー暗き灯をもらす　（一九八一）

*月光椿月の光にぬれて咲く　（二〇〇二）

閻王（えんおう）
閻王とは閻魔のこと。閻魔像のある京都の引接寺、通称千本閻魔堂の境内の普賢象桜という遅咲きの八重桜が有名。

月光椿（がっこうつばき）
椿は春の季語。京都にある霊鑑寺の境内にある池泉観賞式庭園にあるものが有

〈萩〉

夕風の通ひて萩の名残花《なごりばな》　（一九七三）

手もとより日ざし逃げゆく萩を刈る　（一九八〇）

萩枯れて薄日《うすび》さしくる七尾線　（一九九二）

〈三椏〉

*三椏のうつむく蕾《つぼみ》雪となる

〈沙羅〉

堂前の沙羅の落葉のはじまりぬ　（一九七三）

空に咲き地上に満つる沙羅散華

名。おしべが白いのが月光椿。

三椏（みつまた）
三椏の花の季語は春。新枝が必ず3本に分かれることから「ミツマタ」と名付けられた。コウゾやガンピとともに和紙の原料。花は、4月上旬、ソメイヨシノより1週間ほど早く咲く。蕾は早春。

ゆりかごに寺の児ねむる沙羅の花
（一九八八）

〈牡丹〉

緋牡丹の揺れ崩るるを恐れけり
（一九六七）

白牡丹遍路《へんろ》出でゆく東門

〈はす〉

大いなる落日に逢《あ》う蓮根堀
（一九七〇）

己《おの》が影《かげ》深く沈めて蓮枯るる
（一九八六）

〈ねぎ〉

夕月に葱一にぎり引きにけり
（一九七〇）

〈苔〉

花冷《はなび》えの闇より苔《こけ》の匂いくる
（一九六八）

〈じゃがいも〉

えぐりとる馬鈴薯《ばれいしょ》の芽の久女の忌《き》

〈竹〉

貼り終えし障子にゆらぐ竹の影
（一九九七）

唐臼*のねむたきひびき竹落葉
（一九九九）

〈銀杏〉

枯れ銀杏錯綜《さくそう》人はみなひとり
（一九六六）

〈すすき〉

波打ちて天につづけるすすき原

＊唐臼（からうす）
米の精米道具。踏み臼、地唐臼、大唐臼などと呼ばれる天秤式の臼のこと。丸くくぼんだ石・陶製の臼を地中に埋めたり、木の臼を置いたりして、長くのびた柄を足で踏みながらつく。流れ下る水を利用して搗くものもある。この句の季語は竹落葉で初夏。

〈蜑《あま》〉

春浅し蛸壺《たこつぼ》かわく蜑*の路地　（一九七七）

豆の花綱低く干す蜑の路地　（一九八二）

蜑の町プールに蜑の子ら泳ぐ　（一九八八）

〈蟹〉

多喜二忌*や足折れの蟹並べ売る　（二〇〇一）

〈鉦叩《かねたたき》〉

昼鳴きて鉦のとぎるる鉦叩き　（一九六九）

鉦叩鉦打ちつづく喪の家に　（一九八九）

蜑（あま）
「蜑」とは「海人」のこと。漁師をさす言葉。

多喜二忌（たきじき）
多喜二忌は2月20日。小林多喜二は、「蟹工船」「不在地主」「党生活者」などの作品のある日本のプロレタリア文学の代表的な作家・小説家。特高に逮捕され、凄惨な拷問により全身が殴打され、獄中死した。

〈鈴虫〉

鈴虫や壷の中にて鳴き終わる　（一九六六）

〈蚕〉

この蚕らにたましいありや繭ごもり　（一九九四）

青嵐《あおあらし》蚕部屋三層吹きぬける

〈流し雛〉

流し雛*手に手に童畦をゆく　（一九七六）

〈地蔵盆《じぞうぼん》〉

熊野灘鯖火*ちりばむ地蔵盆*　（一九八七）

擦《す》れ違う人に汐《しお》の香《か》地蔵盆　（一九八八）

流し雛（ながしびな）春の季語。奈良県五條市南阿田の流し雛は、4月3日に行われ、子供達が手作りのお雛様を、竹の皮で作った船に乗せて吉野川に流す。

鯖火（さばび）鯖は夏の季語。鯖火は鯖漁の船が鯖を誘き寄せるために照らす灯のこと。

地蔵盆（じぞうぼん）8月24日に行われる地蔵菩薩の縁日。その前日の宵縁日を中心とした3日間の

〈紙漉き〉

男郎花《おとこえし》かって紙漉《かみす》く村たりし
（一九七八）

漉槽《すきそう》にうすき日ざしや紙を漉く
（一九八四）

漉槽を洗い清めて月祈る
（一九八六）

〈障子〉

障子貼り雑念湧くや歪《ゆが》みけり
（一九九二）

白障子平家の裔《すえ》と言って棲《す》む

〈蚊帳〉

なきひとの気配かすかに蚊帳名残
（一九九七）

期間。全国各地で地蔵盆の行事が行われるが、滋賀、京都、大阪など関西地方において特に盛ん。

〈炭〉

炭の香のほのと人待つ初火鉢

（一九九四）

浄《きよ》らかにうつくしかりき炭の尉*

白足袋を汚し小屋にて炭談義《すみだんぎ》

〈注連《しめ》〉

馬乗りになり大注連を綯ひ上げる

（一九八二）

〈磯〉

磯の香のみちみちし日の初茶の湯

（一九六六）

〈海苔〉

海苔の海とろりと船の裏を干し

（一九六八）

炭の尉（すみのじょう）
炭の形のまま、焼け残った菊炭の白い様を、老人の白髪に見立てて「尉」という。特に、最上質の炭である菊炭は、現在では茶道関係者専門の炭として使用される。

〈海女〉

帚木*に波音こもる海女の畑　（一九九六）

絶壁の真下の海は海女のもの

〈田んぼ〉

山峡の墓の際まで田を植える　（一九七五）

田植機の植う田見下し手植えせり　（一九八五）

荒波を眼下に植うる千枚田　（一九九六）

〈藁塚《わらつか》〉

藁塚の低くふるさとあたたかし　（一九七〇）

帚木（ほうきぎ）　箒や、実を食用にするアカザ科の一年草。10月に実の収穫を迎える。7月から9月が見頃の広々とした畑は、山間のさわやかな風に波打ち、「緑の海」を思わせる。

〈加太《かだ》〉
盆波の高しと加太の行商婦
（一九七七）

〈高野山〉
青高野*寺院造りの警察署
（一九七四）

〈吉野〉
紀国の石蓴*漉き込む吉野紙
（一九九五）

〈熊野〉
熊野灘昏《く》れてつくつくぼうしかな
（一九九三）

〈木曾〉
杉玉に注連かけ木曽路冬に入る
（一九七八）

六月の木曽路いづくも水の音

青高野（あおこうや）
高野山の寺院通りは杉木立がうっそうとしており、青々としたようすを青高野と云い季語は夏。警察署は和洋折衷の建物で、木造二階建、銅板葺の屋根は切妻で、正面には千鳥破風と呼ばれる装飾を施している。

石蓴（あおさ）
緑藻類の海藻。手漉き工芸紙で海藻入り楮紙がある。

〈合掌造り〉

夏炉焚くかか座*に敷きし荒筵《あらむしろ》　（一九八一）

〈能登〉

すんなりと細き能登路の　懸大根　（一九七三）

〈尼〉

尼寺のくぐり小さし十三夜　（一九七一）

通い尼来て炭熾《おこ》す女人堂　（一九八四）

〈女人堂〉

男郎花*厠のくらき女人堂　（一九八三）

〈無縁仏〉

一山の露に寄り合ふ無縁仏

かか座
昔の一般的な農家では、囲炉裏端の四辺はそれぞれ、横座（主人の座）、かか座（主婦の座）、客座（客の座）、末座（下男・下女などの座）と決められていた。荒莚（あらむしろ）は粗莚で、藁でできたもの。

男郎花（おとこえし）
晩夏～秋に小さな白い花を沢山つける。オミナエシ（女郎花）と対比させてつけられた名前で女郎花は黄色の花を咲かせる。

泉の歩み

花の宿あけるかんと死の話　泉

波打って犬はつけてる光原　坐

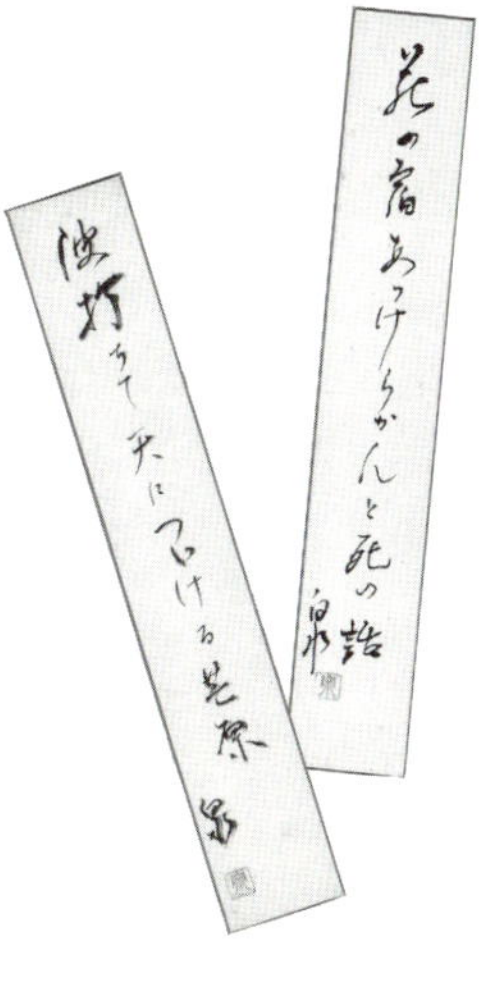

⑴野村泉（本名典子）の経歴

一九一五年（大正四年）十二月二日
和歌山県海南市日方に生まれる
一九二七年　日方小学校卒業
一九三四年　熊本県八代高等女学校卒業
—卒業後和歌山市丸正百貨店に勤務
一九四一年（昭和十六年）
野村真一と結婚

—子育てが終わって俳句を始める
大新俳句会、けいてき俳句会（〜S五十年）、季環粉川句会、天浪
—高野山、馬酔木—岩出町根来、岬俳句会—下津和歌山ホトトギス

会、あさも和歌山句会、九年母和歌山支部、和歌浦公民館俳句会、天伯和歌山支部。河南俳句会等に参加し、四木俳句会を主宰。

一九九三年（平成五年）一月二十六日　夫真一他界

二〇〇六年（平成十八年）六月二十日　野村泉他界

泉のあゆみ

句会

吟行

家庭人として

(2) 俳句活動の足跡

(i)「俳句」(角川書店)雑詠への投句

海苔《のり》の海とろりと舟の裏を干す

一九六七年(六月号)(秋元不死男　選　透逸)

子を生さぬ夫婦に満る月下美人

(十一月号)(大野林火　選　透逸)

見送りし子の振りむかず天の川

一九六八年(三月号)(池内たけし　選　推薦)

夕牡丹こんなところに芦雪の絵
（十二月号）（阿波野青畝　選　透逸）

梅雨の月夜店の風船一つ逃げ
一九六九年（十月号）（飯田龍太　選　透逸）

夕牡丹釜に煮つまる陀羅尼助《だらにすけ》
（十一月号）（大野林火　選　透逸）

緑陰《りょくいん》をなせり桃なき桃畑
（同）（山口青邨　選　佳作）

定年の夫ていねいに菜を間引く
一九七〇年（一月号）（皆吉爽雨　選　透逸）

彼岸花《ひがんばな》田のまん中の墓かざる

（一月号）（加藤楸邨　選　佳作）

竹の影しづかに置きて十三夜

（二月号）（水原秋桜子　選　透逸）

峯入《みねいり》りの若き頭上に幣《へい》を振る

（九月号）（山口青邨　選　透逸）

白木槿《しろもくれん》尼のうなじの消ゆる門

（十月号）（皆吉爽雨　選　透逸）

廃市電浜に積み上ぐ五月闇《さつきやみ》

一九七一年（九月号）（角川源義　選　推薦）

冬の蝿人のそろわぬ法事すむ
一九七三年（四月号）（石川桂郎 選 透逸）

白豪寺《びやくごうじ》荼毘の煙の霧《きり》に消ゆ
（同）（沢木欣一 選 佳作）

二上《ふたかみ》の辺よりかげり来寒牡丹
（五月号）（安住敦 選 佳作）

大寒や経誦《きょうじゅ》して煮る陀羅尼助
（七月号）（石川桂郎 選 透逸）

雛流《ひなながし》しかかはりもなく天草《てんぐさ》採る
（同）（山口誓子 選 佳作）

藤波《ふじなみ》のうねり句へり札所寺

（八月号）（皆吉爽雨　選　佳作）

朴《ほう》の花通い尼堂とざしたり

（十月号）（石川桂郎　選　推薦）

毛糸編む日本女性の指なりけり

一九七四年（四月号）（山口誓子　選　佳作）

眼病の絵馬かさなりて花明かり

（七月号）（山口青邨　選　佳作）

子をなさぬ胸乳にさせし扇かな

（十一月号）（大野林火　選　佳作）

夏行僧箒目ふかくつけて掃く

（十二月号）（沢木欣一　選　透逸）

秋の蝿打って素直に折れにけり

一九七五年（一月号）（岸田稚魚　選　佳作）

初鵙や合わせ鏡にぼんのくぼ

（二月号）（木村蕪城　選　佳作）

灰少し足らざりしまま炉を開く

（三月号）（皆吉爽雨　選　透逸）

御堂筋巡査の肩に銀杏散る

（五月号）（山口誓子　選　佳作）

木の芽晴れ街に学生あふれ出づ

（八月号）（大塚友二　選　佳作）

牛肉屋　春蘭《しゅんらん》咲かす旧街道

（同）（沢木欣一　選　佳作）

子離れはしたると云えど水中花

（九月号）（中村汀女　選　佳作）

おどろなる水をくぐりて鮎育つ

（同）（加倉井秋を　選　佳作）

梅雨深し探し物して艾《もぐさ》出る

（十月号）（秋元不死男　選　佳作）

大釜を磨きて杣《そま》の土間涼し
（十一月号）（中村草田男　選　佳作）

甘露寺《かんろじ》という字《あざ》つづき蓮《はす》咲けり
（十二月号）（大野林火　選　佳作）

青山中社家《しゃけ》の末裔《まつえい》杉みがく
（同）（相馬遷子　選　佳作）

峰入の禊《みそぎ》の水の手に痛し
一九七六年（二月号）（橋本鶏二　選　佳作）

通ひ禰宜《ねぎ》帰りて月の浜の宮
（同）（石原八束　選　佳作）

藁砧《わらきぬた》ひびきて峡の注連つくり

一九七六年（三月号）（皆吉爽雨　選　佳作）

*宝恵籠《ほえかご》の褄ふっくりと横座り

（四月号）（安住敦　選　佳作）

尼寺の練炭火鉢豆煮える

（五月号）（沢木欣一　選　佳作）

白梅や七つかまど*の一つ焚く

（八月号）（加倉井秋を　選　透逸）

夕桜飯噴き上がる音はじまる

（同）（加倉井秋を　選　佳作）

宝恵籠（ほえかご）季語で正月。大阪今宮戎の十日戎に参拝するために大阪南新地の芸者たちが乗ってくる籠。

七つかまど（ななつかまど）日本の塩田王・野崎武左衛門が天保から嘉永年間に築いた民家を訪れた。敷地面積3千坪、建物延べ面積千坪。

ゴッホの絵久しくかかり油照り

（十一月号）（森澄雄　選　透逸）

黒目傘尼のうなじを覆いけり

（十二月号）（大野林火　選　透逸）

埋立てし海をさへぎる青簾

（十二月号）（右城暮石　選　透逸）

*灸花ぼんのくぼより老ひゆけり

一九七七年（一月号）（石原八束　選　佳作）

寒蘭を咲かせて子なき夫婦住む

（三月号）（中村草田男　選　佳作）

灸花（やいとばな）
夏の季語。花がお灸の跡のように見える。別名は屁糞葛（へくそがずら）。ここでは「ぼんのくぼ」というなじの中央のくぼんだところの灸の跡にかけている。

白梅や飯からびたる皇子の墓
（六月号）（山口青邨　選　佳作）

花菜漬二人となりし古茶碗
（六月号）（上村占魚　選　佳作）

手鏡にわれとうつりし夕桜
（七月号）（野沢節子　選　佳作）

夕ざくら隠亡挟むのどぼとけ
（七月号）（福田蓼汀　選　佳作）

雪暗となりゆく女人堂くだる
（十二月号）（飯田龍太　選　佳作）

男郎花かって紙漉く村なりし
一九七八年（一月号）（清崎敏郎　選　透逸）

鵙の贄がたびし開ける紙漉場
（三月号）（石原八束　選　推薦）

加太の路地洗濯ばさみに若布干す
（七月号）（山口青邨　選　推薦）

糸ざくら瓔珞のごと野点かな
（八月号）（野沢節子　選　佳作）

蟻地獄釜ふやしたる堂の下
（十月号）（山口誓子　選　佳作）

白萩やひとり入りたる位碑店

一九七九年（一月号）（飯田龍太　選　透逸）

峡の田の初藁塚のうすみどり

（三月号）（大野林火　選　佳作）

旱魃の菊密柑てふ甘かりし

（四月号）（細見綾子　選　佳作）

まなこ据え琴糸に撚り牡丹雪

（七月号）（右城暮石　選　透逸）

夕ざくら茶毘の中より足袋こはぜ

（九月号）（野沢節子　選　推薦）

日本海一舟も見ず鰈干す

一九八〇年（三月号）（大野林火　選　透逸）

塗師の路地柊挿して水の音

（七月号）（石原八束　選　佳作）

加太の路地ちりちり乾く寒鹿尾菜《ひじき》

（五月号）（林翔　選　佳作）

(ii) 和歌山での俳句活動―「紀伊山脈の記録より」

〈1969年（昭44年）〉
紀伊山脈刊行記念句会　〉
第一席知事賞　　　　**蛇入りし土蔵の中の真っ暗がり**

〈1970年（昭45年）〉
サンケイ新聞社主催　第一回全国俳句大会
細見綾子特選　　　　**大いなる落日に逢ふ蓮根堀**

朝日新聞後援第二十回高野山俳句大会
高浜年尾特選　　　　**一山の露に寄り合う無縁仏**

和歌山市・和歌山新報共催の第10回和歌山城観月短歌・俳句会
第二席　　　　　　　**仏の扉大きく開き月祈る**

〈1972年（昭47年）〉
海南市文化協会主催菊花展共催県下俳句大会
互選高点句　　　　　**菊展に故とつく名札入選す**

〈１９７４年（昭４９年）〉

紀伊山脈刊行記念句会

毎日新聞社賞　**山峡の墓の際まで田を植える**

〈１９７５年（昭５０年）〉

第１５回和歌山城観月短歌・俳句会

第一席　**学僧が月の東塔拝みけり**

紀伊山脈刊行記念句会

県教育委員会賞　**大釜を磨きて　柚の土間涼し**

〈１９７７年（昭５２年）〉

俳画協会主催第五回新春俳句大会

第五席　**大寒の水に豆腐を放ちけり**

紀伊山脈刊行記念句会

毎日新聞社賞　**万緑へ学僧強く魚板打つ**

〈１９７９年（昭５４年）〉

紀伊山脈刊行記念句会

知事賞　**夏炉焚く媼座に敷きし荒莚**

〈1980年（昭55年）〉
第20回和歌山城観月短歌・俳句会
第一席　**月明にタンカー暗き灯をもらす**
紀伊山脈刊行記念句会
サンケイ新聞社賞　**兜虫売れ残りしは闘わず**
〈1984年（昭59年）〉
紀伊山脈刊行記念句会
紀伊山脈刊行会賞　**御嶽に向かひ燕の巣立ちけり**
〈1985年（昭60年）〉
俳画協会主催第13回新春俳句大会
市会議長賞　**火の神に燭を捧げて炭を焼く**
紀伊山脈刊行記念句会
サンケイ新聞社賞　**六月の木曽路いずくも水奔る**
〈1986年（昭61年）〉
紀伊山脈刊行記念句会
サンケイ新聞社賞　**仏壇を出て油虫打たれけり**

〈1989年（平元年）〉
俳画協会主催第18回新春俳句大会
　県会議長賞
　　一山の無音となりて滝凍つる
〈1990年（平2年）〉
紀伊山脈刊行記念句会
　当日句　秀逸
　　合掌家脚立に乗りて障子貼る
橋本市文化祭俳句大会
　　磯かまどぬくもりありて十三夜
〈1993年（平5年）〉
紀伊山脈刊行記念句会
　毎日新聞社賞
　　煤けたる虚子の短冊夏炉焚く
〈1994年（平6年）〉
紀伊山脈刊行記念句会
　紀伊山脈刊行記念会賞
　　この水の湧き出る限り紙を漉く
〈1995年（平7年）〉
第三十五回和歌山城観月短歌・俳句会
　奨励賞
　　雛僧の声透く月の讃仏会

(3) 多くの人との別れ

(i) 野村泉が手向けた弔句

小野田凡二さんへ

訃の知らせはたと鳴き熄む法師蝉

矢船和壽子さんへ

哀しみの海坂いくつ小春凪

奥田みさ子さんへ

（一九九一年十一月十三日逝去）

ほととぎす形見となりて咲きつげり

はやばやと発たれし遠きしぐれ旅

尾上桜城さんへ

笑み浮かべいつも日向ぼっこさる姿

（一九九三年二月十五日逝去）

お涅槃へお迎えのありゆきたまふ

塩崎歳子さんへ

春昼のことりともせずひとりゐに

お涅槃や浄土の句座に間に合われ

井辺紅矢さんへ

（一九九三年六月四日逝去）

ほととぎす桜城歳子に迎えられ

岩本政子さんへ

（一九九三年逝去）

政子亡し似たる案山子のうつむきて

虹の橋渡りてゆかる補陀洛へ

こもりゐて敬老の日に伸子*張る

鈴木杜青さんへ

西方の空澄みゆきて雁の声

（一九九三年五月二八日逝去）

待宵の光の中へ消えたもう

雑賀朽舟さんへ

合歓*の花やさしき人のもとへ哉

（一九八九年十一月二十日逝去）

島本周子さんへ

身ほとりに沙羅の散花の一つかな

伸子（しんし） 着物の洗い張りの道具。

合歓の花（ねむのはな） 合歓の木は万葉時代から歌われる可憐な花をつける植物。花は梅雨のころ。芭蕉は中国の絶世の美女にたとえた。

箕正夫さんへ

山荘にかじか聞きつつ旅立たる

（二〇〇四年七月十七日逝去）

伊藤七曲さんへ

柚の香やなつかしき人逝かれけり

（二〇〇四年十二月二十二日逝去）

坂口勇治さんへ

したひゐし師のもとへゆく雁渡し

坂口多佳子さんへ

春浅き草やわらかき道ゆかる

田村加代子さんの義母へ

花みちて黄泉路も花のころならむ

田村加代子さんの義父へ

普陀洛へ波しづかなる桐の花

岡崎せつ子さんへ

目覚めては、おもい出たどる夜寒かな

（九六才で亡なる）

献句先知れず

かの国へ君むかえられ虫浄土

霹靂《へきれき》のごと君の訃を沙羅散花

(ii)野村泉を偲ぶ弔句

（二〇〇六年八月五日）

―偲ぶ会での弔句―

水底に　単衣の影の　忘れもの　山本嘉子

羅や　お手前　手元凛として　吉田章子

青嵐　よもやと思い　訃報聞く　西尾君子

泉先輩の　下駄の音かや　月涼し　木村一朝

蛍まで別れを惜しみ点滅す　武内綠水

単衣帯締め夫の待つ旅に立つ　塩谷綾子

紫陽花に　降る雪しずか　師の忌来る　中弥美砂子

師逝くも　思い忘れまじ　盆の月　西村憲男

もう声の　聞けぬ淋しさ　時鳥　巽よし子

お人柄　しのびつ仰ぐ　梅雨の月　三宅登美子

梅雨の蝶　霽間《はれま》に翔ちて　帰らざる　宮本藻眉

数々の　思い出残し　梅雨に発つ　藤田ふみ

今頃は　葉蓋*の稽古　今は亡き　中村汀花

葉蓋（はぶた）
茶道で、季語は夏。夏を涼しく、演出するお茶の作法で、水指のふたの変わりに大きな緑の葉を用いる。

夏の嶽　ここも師と来し　テレビの画　窪田千代

梅雨夕べ　ひたすら念ず　ご冥福　岩内萩女

泰山木　仰ぎ見て発つ　黄泉の旅　東元良之

天国で　作句賞取り　夏逝きぬ　山本柚子

凛として生き抜きし人泰山木の花　岩井瑳紀子

夏空に　誘われ西指す　雲にのる　山根貞子

今日よりは　入梅暗き　町となる　橋本節女

句帳持ち　極楽へゆく　梅雨晴間　池永より子

逝きし友　こころなされよ　梅雨黄泉路　辻万亀

いずれ逝く　命の余白　沙羅の花　永井潤子

師の面影　胸に仕舞うや　梅雨日夜　池田昌子

あじさいの　花に守られ　永久の旅　原愛子

春浅し　永久のねむりの　安かれと　滋野登志子

松蝉を　今年は聞かず　過ぎにけり　稲垣芳子

今もなお　生きてる証　泉湧く　桑島啓司

普段着を　涼しく着して　逝かれけり
富加見由紀子

合掌し　永久の別れや　梅雨の空
吉備寛

梅雨の灯を　低く亡き人　偲びけり
つじ加代子

泉俳句との出会い

窪田千代

泉俳句との出会いは二十年前　夫との早い別れに鬱々としていた私に　そんなにしていないで「四木《しもく》」へおいでと強く誘って下さったのに始まる。その後、勉強のために「雲母」へ行ったが泉さんはその前から来て居られた。

「けいてき」の小野田凡二先生を亡くした泉さんは、頼まれればどこの句会へも顔を出したが、どこかで同人になろうというような欲は一切なかったのである。そしてよく「四木」でも俳句は新聞やテレビで作っては駄目実際に見てとやかましく言われた。それが鶯や鉦叩を待ちわび　貝母や沙羅を愛し、猫や犬を可愛がり　薄や萩を植えて月に供えたのだと思う。

現実の風物をどこまでも追っていた。

竹の葉も　泉さんは刃物を振り上げては　はっし　はっしと気合で落としていた。何事も気合が入っていた。

そして旅！　見たいものを発見すると　手帳に切り抜きをぎっし

り貼っていた。何年かけても何時かそこに出かけた。旅は　青春切符で加速した。その頃の「四木」には二十五名程いたが、旅という と十人前後が集まった。行き先は定めていたが　宿は手配しない。晴なれば海辺、雨になれば山手へ行くのである。それからが泉さんの手帳の出番。その日の宿を交渉するのだ。

実際に行って見、触れて作句した。移動の乗り物で、宿で　句会、句会だった。

旅の途中でふと泉さんがいなくなることがある。探すと　お店や駅の待合や道すがら、土地の人と話し込んでいる。その土地土地に興味を持ち、あの荷を担いだおばさん　何処の浜から来て、売りに来たものは何か　などという仕入れた情報を教えてくれる。

青春切符は一組五枚つづりで人数の都合で一枚あまることがある。それを泉さんは苦もなく引き受ける。よく行ったのは琵琶湖一周だった。北へ廻ると雪が多くて外へ出られず乗換への駅でだるまストーブを囲みながら土地の人と話をするのだといふ。俳句の一人旅なんて私なら淋しくてごめんだと思ふが泉さんはそれを楽しんでいた。

自然のものをよくみていて、それを表現された泉さんの句は、同じ旅に出た時でも、私はそんなもの何処にあったのか　と、あとで残念に思ふのである。

今度次男の青木泰さんがまとめられたもので　初めて「けいてき」時代の先生を知って、とても心引かれた。時々、小野田先生、小野田先生と言われていた述懐はその頃の郷愁だったのか。他会への数々の出席は、俳句を愛していた故か。

随筆

蔵王権現足より拝む青き野

霹靂のごと君の訃を竹雉散花

供華枯れて芸妻つ墓の寒施

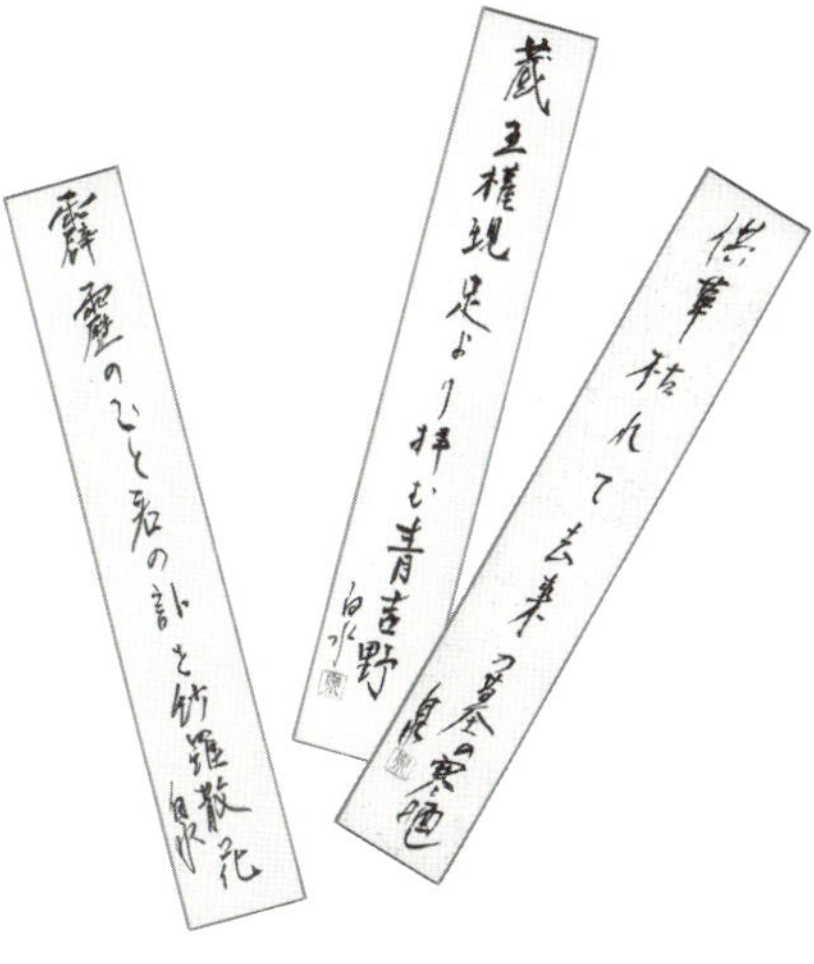

すいれんどろぼう

春眠暁をおぼへずで暖かくなればなるで　又一人朝寝が気持ちよい。時には勿体ないと思いつつも体のため薬をのむより、くすりだと勝手な理屈をつけては朝寝を楽しんでいる近頃である。

泉水へ朝から水を出しているのか水音がしてきた。もうそろ〱起きようかと、一つ大きく伸びをして思い切りよく寝巻きを脱ぐ。

縁側を開け放つと池の様子が、ねむた眼にもおかしい。水が凄く濁っている。此の頃芽吹き出した睡蓮の葉が裏返ったり、あちこち千切れたままになっている。少し気になってきて庭に降り泉水の縁へしゃがみ込んだ。

草引きをしていた夫が、睡蓮植え替えたかと声をかける。私は「何で　どうもせえへんで」といったら、「おかしいな」とそばへきて泉水をのぞき込んだ。私もよく見ると、わさびの様ないぼいぼのある拳ほども太くなった根が五十糎程に切れて浮いている。よく見ると、その根についていた新芽は皆かき取られている。二鉢植えていた、大きな植木鉢は中味が空になって泉水の縁の草の中にころがっていた。よく見るとあわてて帰ったのかまだ少し濡れている。泉水はどろ濁りとなり、若葉は千切れて浮いている。誰がこんなひどいことをしたのだろう。

私の家の小さな泉水は表から見えないし、まして睡蓮など植えているのもわからない。誰か昼間、それも睡蓮の咲いている時分に見ていて、丁度今が植替え時というのを知っていて新芽をかき取って行ったのだろうか。だが何故私の家のありふれた睡蓮など取りに来たのだろう。落ちていた新芽がまだぬれているところからそう時間は経っていない、しかし何となく気持ちが悪い。こちらが寝込んでいる間に泉水で睡蓮を鉢から抜いたり、花葉を水から引き上げてあの沢山の新芽をかき取ったり、少しは水音もしているはずなのに、そんな物音にも気づかず、家内中眠っていたのは少々間の抜けたことでもある。

この睡蓮は植えてもう七、八年になるかしら。

ある日店の仕立物を頼んでいる家へ行くと広い池に見事に咲いていた。その透きとおる様なクリーム色の花に私はものもいわずしばらく見とれていると、一株あげようか、と切ってくれた。私はまるで夢心地で持ちかへり、植えたのがよくついた。

その翌年花の小さな白色のをもらって植えたが、それもよく泉水になじんだ。最近では、泉水いっぱいにひろがり、クリームと白色の花が長らく楽しめた。あまり葉がはびこると折々に間引きはするが、まだ一度も植えかえはしなかった。

大きな植木鉢二つに植えたのが泉水の底に根を張りはじめたのだった。


この小さな事件には後日談があって、あの日から翌々晩のこと、食後、暗い庭を見ていた嫁が「アラ白い犬が池へ足を突っ込んでかき回している」というので片付けものをしていた私は夫に「早う追っ払って」といって見に行かなかったが、夫と嫁が犬を追っ払って、

「大きな犬やった」と部屋に入ってきていう。

私は「庭の垣根破れてんのやろ　早う直しとかなあかんで」といった。

翌朝泉水の縁に前々日沈めといた睡蓮の株が再び三株程もほうり出されていた。

それを見た嫁が「睡蓮ほったの犬よ」といいだした。私はしかしあの底へ根の張った大きな鉢をどうして泉水の外へ上げて中味をほうり出し、芽ばかりかいてしまへるのか　と反対した。

嫁は　口でくわえて引き上げる　という。

私は「そんなら　あの鉢いっぱいに根の張ったもんどうして鉢から抜いたんや」といったら、嫁はやはり　口でくわえて引き出したと思うという。私は「犬がなんで好きこのんで、水の中のものしたんやろ」というと、「睡蓮の芽喰べにきたんと違う」という。私は「昔から犬が睡蓮の芽喰べたという話も聞いた事ないし、四キロ以上もある重い鉢、水からよう揚げやんで」と、二人の推理はまちまちで一致しない。そばで夫は女どもの果てない論争?をききながら黙々と鉢へ睡蓮を植え込んでいた。

しかし私はどう考えてもわからない。犬が睡蓮の芽を喰らうということに引っかかる。

あれから1週間経つがまだ池の水は濁ったままで、何とか睡蓮はおさめたものの芽のないものが果たしてつくだろうか、花が咲くだろうかと思うと心もとなくなってくるのだった。

一九七〇年四月

竹切り

南側の狭い庭いっぱい覆いかぶさる様に竹が繁って来た。今年は春先葉の白くなる程のこともなく、そのまま出た若芽が濃くなって竹の春の名にそむかず美しい。

俳味のある人々は、この藪を愛してくれて、あんたとこの庭に植えたものでええのはこの藪だけやでと。私もひそかにそう思っている。

十一月に入ったある朝、冷え込みがきつく、私は起きかけてちゞみ上り、もう一度床の中へもぐり込んだ。花莚をしいた居間は冷え冷えと、どころの騒ぎではない。ガラス戸一枚を通して冷気が爪先から上がってくる。私は思わず、ぶる〳〵と身ぶるいをした。すると今まで、さわやかだと喜んでいた藪がいっそう冷気に拍車をかけて、寒々とせまってくる。一日も早く間引かねばとつくづく思った。

二三日経って息子が会社を休んだので、私は　今日竹を切りたいので手伝ってと云う。本当は私の方が手伝いの方だが、昔のくせでいったら「ああ」といってくれた。うす曇で、日が射さないとどの竹を刈ったらよいか見当がつかないが思い立った時しないと又日が伸びる。二人とも汚れてよいものに着替へ身支度をしっかりととのへて庭へ出た。しばらくするとよくしたもので、雲の中からぼんやり薄日がさしてきた。私は、あれ切って、これ切ってと塀の上の息子に指図をして葉のこもったところを切ってもらう。私も鉈で手近なものを切り、昼前までに六、七十本は切ったろうか。うすかった日ざしがはっきり照り出して青空が見えて来た。

正直なもので居間の莫蓙の上いっぱいに日が当たってきた。夏ひどく嫌っていたお日さんだったがまことにありがたい。隣の若嫁さんが、木戸から顔を出し、うわあ、えらい竹やね、蛇でてけえへんかしら、とさも気味悪そうに云う。

二人共ぐったりなって、庭いっぱいに足の踏み場もないその嵩に跡始末を思ってうんざりする。今迄だったら、畑の隅に積み上げといたら自然に葉が落ち竹の棒だけになり、杖などに上げたり使ったりしたが、このせまい庭では置いとくことも出来ず、一先ず表へ出して積み上げた。一口に七十本といっても葉のついたそれはえらいかさで、なるべく軒下へ寄せて、道へははみ出ない様にする。葉が落ちるまでなどと云っておられず、昼食後、息子は会社の用で出掛けたので私は一人で出刃包丁で一本一本葉を払い棒状にする。葉は夫にぼつぼつ焚いてもらおうと一心に作業をつゞける。

道行く人がいぶかし気な顔をして振り返り返って見てゆく。ゆきずりの老人がわざわざ自転車から降りて、「ええ寒竹ですな、釣竿にええのになあ、ほしいいうて来まへんか」ときく。私は、「今時こんな竿使う人もいないのか、子供もほしがりませんで」といったら、老人は積み上げた中から一本選り、「これらええのになあ」とさも惜しそうにいう。私はよかったらどうぞ　というと手にした竹をそっとはなして「ありがとうさん」と行ってしまった。私はまたしばらく作業を夢中で続ける。乳母車を押した八十位のおばあさんが、せえがでますのう、何と大きな竹やの。としばらく私の手元をにこにこしながら見て、「まあぼちぼちしなはれ」と行く。私は「おおきに」とおばあさんにいって笑った。近所の人が来て、「ごうせにしてるの」と声をかける。私は「内職に壁下地をこしらえてるんやして」と冗談をとばす。

五十本ぐらい払っただろうか、あと一息と思っていたら、向こうの方から従妹がこちらへ来る。私は今日はこれ迄と思う。明日はこうぬくかったら多分雨だろう。片付けは誰も手伝ってくれないから、二三日遅れてしまうだろう。散らばった枝を片脇へ寄せていると従妹が「えらい事してるの」とあきれた様な顔をする。

私は玄関から入りにくいので庭から招じ、頭からかぶっていた手拭を取った。

従妹は庭を見ながら「竹て　はびこって床の下まで根が出て畳も浮き上がった程になるそうね」という。多分私が竹藪で手古摺っている風に取ったらしい。私は「ええ　でも夏は涼しくてね」といって、そのよさのわからん人には云っても仕方ないので、話題を替える。

従妹は二時間ばかり居て帰へった。もう夕方の仕度にかからねばならないので、表に竹の山をほうったまま、風呂へ水を入れに立った。

一九七二年十一月

墓まいり

南縁に日差しがもう三十糎程も伸びてきた。

Nさん達の来る日である。掃除も終わって藪のそよぎをしばらく見ている。今日はめずらしく工場の音も聞こえず、やがて釜の沸く音がしてきた。薄日が翳ってきて、鉦叩が鉦を叩き出した。残暑もようやく納まり、折々すうっと通る風に初秋の感触を覚えて心地よい。
まもなくNさん達が見えた。
由良の開山さんの灯籠焼きの壮大さを見てきたお二人の興奮さめやらぬ話に、行けなかった私は、たゞ「よかったわねー」と云うばかり。お茶の点前中も憑かれたように聞き手は来年こそゆきたいわ、話し手は　又来年も行きたいわと、話がはずむ。
それから佛祀りの話になり　私は
「うちは門戸もの知らずで佛さん祀るの楽やわ、お墓まいりも盆正月に春秋のお彼岸だけ、」といったら、Sさんが、
「お墓遠いの?」と云われる。そう遠い事もないの本町四丁目に変わったから、といったら
「ええ!私は市外かと思うた」と少々あきれた様に云われ、「やはり亡くなった人の命日にはおまいりして、若し佛さんが多ければ主だった人にまとめておまいりする様にせなあかんわよ」と、云われた。私が
「嫁いで来た時には両親も老人もなかったが、でも昔は命日には

かならずお参りして　当時お寺が城ノ口だったもので帰りは　映画見たり買い物したりして帰ったが、近頃はつい忙しさにまぎれ」というと、Nさんも、

「お墓まいり　その位では少ないわね」と相槌を打たれる。私は

「里が浄土宗で佛まつりが丁寧すぎるのを見ていてつい門戸だと軽く見たのが悪かったわね、これからそうするわね」と　友の意見をありがたいと思った。

翌日いつも閉め切っている佛壇を掃除してお花も替へお水とお線香を上げ、引き出しの奥から、今まであまりしげ〲見たことのない過去帳を引き出した。薄埃のついたそれは　金襴の表装で白紙がもう赤茶け、しみがついていて抹香くさい。

法名　なにがし　　明治卅一年七月十九日　没

祖父　次男　　五十一才　没

祖父　　四十五才

父（しうと）

子　　年齢不詳

祖母　　　　　　　六十二才
父　長女　　　　　二十一才
母（しうとめ）　　四十七才

過去帳は三代前から始まり、若死にだったここの、しうと姑、その子等、八人もの佛がならんでいた。そして昭和十二年十二月七日姑の没後空白である。

その翌日佛たちの日には当たってなかったが、私は庭に咲き残っていた百日草を切り、嫁に「お墓まいりしてくるわね、Sさんいわれたん」「佛さんほうりすぎてる」と、

嫁のびっくりした様な顔に、

「今日は何かお供えして、御佛壇開けといてね」と　家を出た。

一九七一年九月

彼岸花

マッチ箱の様な小さな電車は田園の中の森閑とした駅にとよりま

した。母と私は野中の道を歩きました。稲はもう重く垂れて少しの風にも波うちその中を一すじ彼岸花が火の様に走っていました。私は「待つさけ　取って　あんしょ」といって、すたすた足を早めました。私はそんな母の袂にすがりながら、未知のところへゆく好奇心に、あちらこちら眺めながらついて行くのでした。

小さな山際に藪が見えはじめその裾にぺったり貼りついた様な、小さな一軒家の前に母は足を止め　しばらくためらっていましたが、障子のはまった表戸を明けました。

母のあとからその薄暗い土間に入ると、裏から饐えた様な匂いの冷たい風が吹いて来ました。私は思わず母の手をにぎりました。母が声をかけると、がたぴし立て付けの悪い障子が開いて白い着物を着た　年取ってるのか若いのかわからん様な坊さん風の人が出て来て上がれと手で合図しました。私は薄気味悪く、母の後からかくれる様に一間きりの座敷についてはいりました。奥に何か祀っている様に見えましたがお寺で見る佛様とも見えましたが　或いは違っていたかも知れません。しばらく低頭していたその人は、何か唱えはじめました。母はただ両手をついて深くうなだれています。

すると突然その人は両手を高く差し上げたかと思ふと飛上り、うーんと呻き声を上げて、うつぶせになってしまいました。私は恐ろしさのあまり母にしがみついてしまいましたが、怖いもの見たさに、その人の方を見ると、さめざめ涙を流しながら、とぎれとぎれのそのかぼそい声はまるで地の底からでも聞えてくる様にさえ思へました。お母さん水！水！と消え入る様に云いました。それをきくと泣いていた母はいっそうはげしくしゃくり上げて泣入るのでした。

私は母の烈しい泣き声に悲しくなりましたが不思議に　その人の声になんとも云えない懐かしさを覚えたのでした。母は立って水甕の水を汲み、その人に差出すと、うまそうにごくごく喉を鳴らして呑んだのです。そしても一杯といっては大き茶碗に三回もお替りをして、再びかぼそいその声は、お母さん冷こい、冷（ひゃっ）こい、また会いたいと云いました。

母は身も世もない様に泣き続けるのでした。

しばらくするとその人はけろっとした様に元の顔付きとなって還りました。

母は真っ赤に目を泣き腫らした顔をハンカチで拭くと、丁寧に礼を述べ紙になにがしかの金を包むとそこを出ました。

私の八才位のことだった様です。その後そこへは三、四回連れられて行った様ですが、いつも水をほしがったこととひゃっこいと云ったことを覚えています。

私は後年母とそんなところへ行った事を恥ずかしく思う様になりそして母を軽蔑しました。その様な事と重なって或る事が私を決定的に母から遠ざけてしまいました。

その後弟妹や母、父と次々に世を去りましたが私は長く悲しんでいることが出来ませんでした。私にも子も出来　家庭生活と戦争の為いつしか肉親の死を忘れ去りました。

子等も手元をはなれ獨立して最近は子のことに心を配ることも少なくなりました。そんな平穏な日々を過ごしていた或る日の事です。

テレビに恐山の巫女の事が出ました。

子を失くした母達が盆に、みこ寄せをするということでした。おびただしい女人が逆縁の子に会うため恐山へ登るのです。中には若い母もまじっていて、子を交通事故で亡くしたと語り、老いた母は戦争の為とられた子に会いに毎年ここに詣ると語りました。いたこの口寄せが始まると　その人々は　はげしく又ものかなしく　泣きつゞけるのでした。言葉がはっきりわかりませんが、この母たちはそれぞれ亡き子に会うという　一つのものをもっているのでせう。むしろの上に座ってひたすら泣きつゞけるのでした。

私はそれを見て、在りし日の母の姿が思い出されました。母の泣き悲しんでいた顔をその人々の中に見ました。母の嘆きが幾十年も経ってやっと私は理解出来たのでした。

当時私に一つ違いの弟が居りました。初孫の女の子である私と、はじめての男子の弟を祖父は溺愛して手元からはなしませんでした。私の六才の時祖父は二人の孫をつれて九州の支店へ行ったのです。もうその頃母には三人目の子が出来ていまして、多分好きな孫をつれてというより取ってやったら助かるだろうと、守りもつれて九州までも行ったのでせう。そこで私達は甘やかされ放題にほしいものは何でも思う存分食べさされ自由に振舞っていました。その梅雨のころのことです。私も弟もバナナが大好物でした。祖父は何でも大ぐしに買うことの好きな人でした。孫達がバナナが好きだとわかると大きな房ごと買ってくるのでした。弟は私と違って丈夫に生まれ虫一つ出ぬ子だったそうです。弟はそのバナナを幾つも食べたのでせう。夜中腹痛を起こして苦しみ出しました。私もお腹がしくしく痛みました。二人は薬を呑まされましたが私の方は朝方痛みも納まりました。ところが弟はますます痛みがはげしく、苦しみぬいて医者の来た時はもう脳症を起こしていたということです。そしてあっけなく逝ってしまいました。病名は疫痢ということでした。暁方紀州へ危篤の電報が打たれましたが、母の着いたのは翌日の夜中だったそうです。弟の亡骸にすがり悲嘆にくれていた母をおぼろげながら覚えています。

きっと母は己が手で看病もしてやれず死なせてしまった子と、そしてしうと姑に怨みの一言も云えぬ切なさかなしさが、内緒であの様な子寄せに凝り、わずかに己が心をなぐさめていたのでせう。

母とは終に和解しないまま帰らぬ人になってしまいました。いたこの無表情な顔を見ながら、母にすまなかったとしみじみ思うのでした。

彼岸花の咲く野を歩くと　母のあの時の姿が私の胸にいまもよみがえってくるのです。

一九七一年十一月

貝母《ばいも》

三月に矢船先生が文章会の会場を受け持って下さった。昼食後先生は、山の草あげようかとおっしゃられた。知らぬ間に時間が過ぎ、たのしい会であった。

お庭の木々、草々に心引かれながら裏の瓦門へくると、先生が何やら草を引いて下さった。私は急いでいたので、お礼もそこそこに紙に包んで頂いて帰った。その日はもう暗かったので、そのまま水に漬けて、翌日、水甕の陰が明いていたので少しばかり掘って、紙をひらくと根は丸い玉である。茎の頭に百合に似た小さな青い蕾の様なものがついて、葉は姫百合の様にかぼそい。何であろうかと、名もきかず頂いたことが悔やまれた。しかしあの時先生は、山の草あげようかと云われたから、或いは先生もご存じなかったのかもしれぬ、まあ何でもよい、花が咲けば、調べようもあろうと、甕にもたせかける様にして、少し弱り気味の草を植えた。

　三月は何かと行事が多く、暖かかったのに又手のひらを返す様に寒く不順だったが、さすが彼岸に入ったとたん一遍に暖かくなった。お墓参り佛祀り等私の様な　佛事に不精な者もなにかと忙しい。その上急激に暖かくなったもので、家の中の冬物が目に付いて片付けたくなり、いっそう忙しさに拍車をかけた。お彼岸も済んである日庭に出ると、忘れていた草の青く堅かった蕾様のものが、まるで夢のようにぽっかり開いていた。それはうすい黄緑色の小形の百合に似たもので、百合ほども花弁の切込みが少なく、黒ごまのような点々が花びらにあり、しべも黒茶色である。此の頃少しは花に興味を持ち、あるいはめずらしい花は聞くとか調べるとかしてきたが、この様な花は、きいた事も見た事もなく、しばらく茫然と、そのさみしく可憐な花を見つめていた。たった二輪の花だったが翌日見るとやはり開いたままであった。

三日たったが、色は少しく淡くなったが咲いている。せめてこの花が終わらぬ間に名を知りたいと思うが調べようがない。

先生に花が咲きました、名を教えて下さいとハガキでも出そうかと思ったが、山の草ときいていたことを思い出した。

その日茶道の雑誌がとどけられた。何気なくぱらぱらとページを繰っていたら、茶花のところに、あの花の写真が出ているではないか。私は思わずこれだと、ひとり言を云った。

万葉植物　貝母（ばいも）と左の様に出ていた。

時々の花は咲けども何すれぞ
　　ははという花の咲きで来ずけむ

と歌われており、今日の彼岸会に亡き母を想う心の現われにと、彼岸会の茶の花にふさわしい。

花の名がわかったので早速歳時記を見る。早春梅の咲く頃芽を出し、淡黄緑色に濃海老茶色のあみ目のある、六弁の花を釣鐘状にひらく　葉の間から一花ずつ垂れて、茎の頂《いただき》に咲きのぼる。緑質の地味な花で茶花として愛好される。球根植物で茎は一、二尺あまり葉は百合に似て細長い　支那原産で　ゆり科の中で最も早く花が咲くので　春百合ともいう。

埒もなく植えられてある貝母かな　　唐花

こもりいて貝母の花に逢いにけり　唐花

註
貝母の栽培は朝日のわずかに射す水はけのよい斜面に腐葉土に砂を混ぜて植えれば年々花が咲くようになる。

一九七二年五月

鉦叩

八月十日もうお盆も近いし今年はちょっと忙しいから余程手廻しして佛祀りの用意をしとかねば佛様も迎えられぬと想い、午前中の一寸手のすいた時間をみはからい仏壇を開いた。ここ数日お花もかえず、佛具は煤けた様に汚れている。全部莫蓙の上に取り出し、丹念に磨き始めた。

昨年たしか十二日午后だった　佛具を磨いていたら鉦叩の初鳴をきいたのを思い出した。今年は長雨と梅雨寒だったから少し遅れるかも知れぬ等とりとめもないことを想いながら、たいして道具もない佛壇の中を拭き上げ見違える様に綺麗になった佛具を元の場所へ収めた。

庭の小さな藪に毎年盆頃鳴き出す鉦叩のチンチンと丁度鉦を叩く様なその鳴声が　どの虫にも増して私は好ましく盆が待遠しかった。

昨年は空地を手放したらブロック塀をすると云われ、藪ぎりぎりに掘り返されて、夏前の事でもう鉦叩の鳴声も終わりかと心配したがよく鳴いた。

忙しさにまぎれ忘れていた鉦叩がお盆も過ぎたのに一向に鳴声をきかない。たまりかねて私は誰にともなく、「鉦叩　今年はきかんが、誰か聞いた」ときいてみた。六月頃から耳を悪くしてずっと医者通いもして少々耳の遠くなったこの頃、かすかな鳴初めをききもらしたのかもと想った。嫁が「西の方の裏で鳴いたのを二、三日前たしかきいたが、藪ではまだきかないわ、ひょっとしたら虫が移動したのと違うかしら」という。「そんなことないわ　あの藪でずっと住み着いて毎年鳴いてるのに今年だけ変わることないと想う」というと、皆は「さあ」と、虫のことなどどうでもよいというような顔をして相手にしない。私は鉾先を夫に向け「あんた六月頃、藪の中の落ち葉取ってたが、あの時虫の卵も一緒に焼いてしもたんと違う」と云ったら、夫は、「そんなことない」と云ったなり一心にテレビから目を離さない。私は「鉦叩きどうしたんやろ」と、獨言をいって厠へ立った。手を洗っていると草の暗いしげみから、ちんちんとおぼつかない鳴声のする、耳を澄ますとやはり鉦叩である。まだ鳴きはじめで幾つも続かない。西の方できいたと嫁が云ったが本当であった。

翌晩月が美しかった。九時過ぎやっと雑用から開放され一人でくつろいでいると、藪のほうからかすかにきこえるのは　まさしく鉦叩であった。静かでなければききのがす様にかぼそいたどたどしさであった。私はやっと気が済んだ。

毎年鉦叩の鳴声はきくがまだその虫にはお目にかからぬが歳時記

によると淡褐色の小形の可愛い虫であるという。
これを書いていると、藪でよく鳴き出した、音が澄んできて、かぞへると十位も続く様になってきた。鳴き初めにきいた時は、一、二匹位と思ったのが、入り乱れる様にチンチンとひびいて来た。

鉦叩澄みまさりゆく鉦《りん》の音

せっかちに叩くもありぬ鉦叩

鉦叩音そろふ時そろはぬ時

一九七二年九月

焦がす

暖かい師走だと油断していたら、突然寒くなった。

一日中あれこれと手廻しばかりしていても忙しく夕食の跡片付けも遅れ勝ちになり、やっと自分の時間になるのは十時前である。やれやれと炬燵に足を伸ばし、新聞も見てなかったのを思い出しひろげる。

電話のベルが鳴った。今時誰だろう。

受話器の向こうは大阪の義姉の声だった。

「寒くなったのね。お変わりない　家の方、十二月中に出来上がらないのに、本人がどうしてもお正月を新居で迎えたいというので、外廻りはほって、中の方を先にやってもらい、二十四日に家移りすることになったの。私は、無理やから、年明いてにしたらと云うてんやがきかんのできめてしもたの。」と、私達が今年嫁を世話した息子の事であった。

私はふっと思い出した。

「一寸待って、ね」と台所へ飛んで行った。明日の弁当にと牛蒡の煮物の焦げる寸前の鍋の火を切って胸をなでおろした。

「お待たせしました。お鍋かけてたの思い出したの、もう一寸で焦がすとこやったが、この頃どのお鍋も真っ黒けで、」といったら、姉はさも嬉しそうに、

「あんたもか、私もしょっ中やってるの。この間もお父さんのお粥焦がしてしもおて」


北海道の大豆をもらった。里では、大豆だの黒豆だのよく炊いてあった。大豆に、大根、牛蒡、こんにゃく、人参等入れた　じゃぜ豆というのを喰べさされた。祖母は、豆さんたべたら薬やでと云っていたが、私はあまり好きではなかった。近頃年のせいか折々炊いてみる。煮ておけば一品箸やすめにもなると思う。北海道の豆がむっちり煮あがって、美味しい。練炭の火が若かったので、水に漬け大分ふくれたのをかけた。

豆は案外炊くのはむつかしい。水はたっぷり入れて置かねばすぐ煮つまるし、火が強ければ、ふきこぼれる。小さければ煮えにくい。練炭のさかりをすぎた、火の少し口をしめた位が丁度よいので、その丁度よい火加減に、豆はふつふつと煮立ちだした。

台所の仕舞いをして豆を見ると水が少し減っていたので入れ足してこたつへ座った。新聞にざっと目を通した。見るべきテレビもないので、しばらく手を付けなかった。書棚を整理する。もう十一時前だ。この間うち　一句も作っていなかったので、少し俳句して置かねばと句帖をひろげ、作りかけてほうって置いた句を書き出してみる。窓の外は木枯らしである。藪をぎしぎし風が渡る。裏の方でトタンのはずれかかった様な音がギーギーと風の音に乗ってきこえてくる。先月末風邪を引いたのがすっかり癒り切ってないのか、うつむいて書いていると鼻がつまってきて息苦しい。十二時が鳴った。いつもなら居眠りの一、二回はするのに不思議に今日は目が冴えてくる。

ぷんと何か焦げる様な香ばしい匂いがして来た。こんな夜中に何処かしら、と思いつつ机の上を片付けもうぼつぼつ寝ようかと、のび一つする。表の戸締りを見て、台所の火の元を見に行くと、練炭の煮豆からうっすら煙が立っている。あわてて鍋の蓋を取ると、水がすっかり引いてしまい、少し焦げた豆がバリバリ音を立てていた。水を入れるとじゃあという、鍋を下ろし、別の鍋へ明けたら、そこに黒焦げの豆が一面にひっついていた。

もう大分前のこと、電気釜が故障した。

スイッチを入れると、弱いが電気は来ている。捨てるのは勿体ないと思い、はじめはガスで水が引く前後まで炊いて、あと電気釜へ入れスイッチを入れたら丁度よい御飯が出来、はじめから電気釜で炊くより時間が早く重宝している。しかし余程気を付けぬと焦がす。

何か外の事をしながら御飯は炊けない。

私の様な焦がし屋は釜が幾つあっても足りぬだろう。しかしよくしたもので不思議に御飯は焦がさない。それは御飯を炊く時はそばをはなれないからだろう。

二、三日前の事、御飯をガスにかけた。いつもなら炊き上がってくるのに中々噴かない。今日は時間がかかるなあと、一心に大根をきざんでいたら匂いがしてきた。火を切って見たらお米に水を入れてなかったのか、米の上まで灼ったような黄色になり、あけたら底に黒焦げになった米粒がならんでいる。タワシでごしごしこすったが落ちぬので木杓子でかき落とし、みがき砂でみがいたが中々黒いのはとれそうもない。大急ぎで、二度目の御飯を仕かけた。

翌日嫁が釜を洗いつつ、なんでこんなに黒くなったんやろと獨言を云っているのをぬすみぎく。

煮物をしてはよく焦がすがあと一息と思ってかけたものを忘れるのである。

この頃はこの様に、自分が火にかけたものすら忘れ、匂ってきても他家が焦がしてると思う程はなはだしい。

初夏の高野山にて

これこれそこの人達ここは観光地と違ふ　出て行きなさい。と白衣の老僧が出て来て厳しく叱られた。私達はぎょっとして、本堂へそそくさと参詣をすませ山門まで引き返した。

しかし来た時開いていた門は既に閉ざされて門の横の道を足音を忍ばせて出た。

同行のS会の、二、三人の人達がつい話しに身が入り声高になった。この様な事もあろうかと、真別處の小さな橋を渡る前、静粛に静粛にと云い合って来たのに。

高野山の牡丹句会へは今年で四度目、この真別處へは昨年の句会の時初めて案内された。

小さな山の道を登りくだりしたが　この道が楽しい。本当に静である。少し山水の湧いた登り道の草陰から突然地鳴りの様な蟇の鳴声にびっくりしたり、うっそうとした木陰に、妖しい草花がしっとりした花を下向きに咲かせていて、帰って調べたらそれが幽霊草だったり。往復一時間余りの道のりがあまり遠いとも思わなかった。小さな橋の袂に真別處と書かれた立札がていていとした杉木立の下に立っていて老鶯がしきりに鳴きしきる。やがて小さな門をくぐると学僧達の読経と　鐘音をきき、ここそ高野山だと思ふ。本堂へおまいりし、堂を巡る小さな流れは澄み、手を浸すと氷の様に冷たい。天然山葵の花が流水の中に浮き、姫しゃがの一面の花が流れに沿って咲きこぼれている。九輪草があざやかな牡丹色のあの特徴のある花を溢る、様に咲き競っていて裏に廻ると　風化のはげしい僧の墓が並び杉大木に咲登る鉄線の目のさめる様なむらさきに息を呑む。私達は十分満足して真別處をあとにした。

今年は賑やかな同行者のため少々興を殺がれその上あとの人達まで、門内へ入れてもらへぬ様な羽目となってしまった。私はその中の一人としてやりきれぬ思いであった。

翌日金剛峯寺の句会のあと、女人堂の近くに住むお茶の師匠をたずねる。四月に稽古に行ってご無沙汰しているのを思い出した。

千珠院から逆に駅の方へ行くと十字路になり警察署がある。杉木立の続きに、お寺の様に見える警察らしからぬ趣の建物で、外から来た者にはそれとわからない。そのあたりまでくると人通りもまばらで車一台通らない道である。昔ながらの土産屋が二三軒両側にあり、時間があればのぞいてみたいと思う程、あくどい色彩のない品が並んでいた。

残りの白藤が揺れ、かげって来た空から雨がこぼれてきた。師匠の庵室の坂が見えて来た。

木戸が開いたので庭から入る。飛石の間は苔がびっしり敷きつめた様に生え、鈴蘭の幾つもの群が可憐な花をつけて、塀の際に熊谷草がたゞ一輪咲き残っていて私は来てよかったと思ふ。毎年熊谷草は花の残りのみであった。ふと見上げると木に蕾が見える。葉は朴の葉の小形の様で何の花であろうか、しばらく案内もこわず木を見上げていた。

弟子二人稽古中であった。床に見なれない小さな五裂した星上の青乳色の花とおだまきが挿してある。床の花をたずねると丁字草という事であった。今日はゆっくりして一晩泊まる様に云われるが、私はも一度出直しくる事を約して、庭の花のことをたずねた。

吉野の奥の人にもらった大山蓮華で十五年余り大きくもならず、花も見ずあきらめていたら十六年目に三つ花を見て　その後木もやや大きくなり、気の長い話でせうと笑われた。

私はあの花開いたら伺わせてもらいますと云うと、茶花を見ませんかと　稽古を中座してぱらついて来た雨の中裏庭へ案内してくれた。

裏は小高い丘になり　種々珍しい花が植えてあった。何となく忘れてしまったが、いただいたのは丁字草、おだまき、矢車草ともう一つは、忘れてしまったが麦藁の様な乾燥した花をつけた潅木を切ってもらった。矢車草は　山の草で一般の矢車草とは異なり　葉の形が矢車の様になっている。

四時のケーブルに間に合った。大粒の雨が降り出し　急に風が出て来たのか、窓の外の大水木の上向いていた花がうねる様に揺れていた。

一九七二年七月

入り猫

飼猫の小吉が家出してもう五年、わが家にはそれ以来猫が居つかなくなった。孫達の成長につれその日その日が忙しくつい猫どころではなくなったためだろうか。小吉は家を出たが、発情期にはこの辺りに気に入りの牝猫が居るのか、春と秋には家の廻りにちらちらする様になり、恋が鎮まり静かになると、いつしか姿を消してしまう。その様な繰返しでもう二三年も過ぎたであろうか、今年も夏前に姿を見かけたので、いつもの場所に好物の煮干ジャコを一つかみ程置いてやる。でも決して私の目の前では喰わない。私の姿が見えなくなるまで隅に潜んで居て、喰べるが、その間中神経を張っていて少しの物音や人影にも身をひるがえして消える様に見えなくなり、まったくの野良猫になってしまっている。

やっと長い暑い夏が過ぎ去った。九月は残暑の厳しさを覚悟していたが、案外すらっと涼しくなりほっとしたが暑さの疲れが尾を引き、物を考える力もなく無意識に家事をするだけの日々である。庭の芙蓉が遅い花を次々ひらき、水引の花が藪から静かに揺れている。ぼんやり午后のひと時の庭に目をうつす。子供達は出て行ったのか家の中はひっそりしている。何処かで子猫の澄んだ鳴声がする。この間うちも鳴いていた様に思ったが気にも止めなかったが、多分捨猫だろう。今のあいだに掃除でもしておこうと思い立ち上がった。台所で猫の鳴声がする。皆帰ったらしく賑やかな子供等の声が聞えたのでのぞいてみると、一年二ヶ月の孫の直が三、四ヵ月位の三毛猫を両手でおしつけている。子猫はつかまれながら、じっと目をつむって横になったまま、すると直はつかんだ子猫をハンドバックの様にさげて歩き出した。私はもし爪でも立てられたらと猫をはなそうとしたが、しっかりつかんで放さない。やっと取上げてあっちへ行けと追ったが、子猫は直の前へぺったり寝ころんで動かない。直は又尻尾の方をつかんで逆さまにぶらさげた。子猫はやはりじっとしてる。するといきなりお尻のほうへ口をつけようとしたので、私はあわててむしるようにして取上げた。子猫の頭を一つ叩いたが、直の足元にすり寄って逃げようとしないのである。昔から、猫は老人や女のペットで相手から可愛がられるのを待つ動物であって乱暴に扱ったり悪戯する子供はいつの場合も避けるのが普通で、この猫は、一体どうゆう魂胆であろうか。

息子が帰って来た。直が猫をはなさないのを見て、飼うてやったらと云う。私は今は毛が抜けるから飼うことに賛成できないと云う。子猫は、私達のやりとりを、聞き取ったのか息子の足にからみつき、しきりに食事をねだっている。

私は致し方なく、まだ飼うかどうかわからんで　と子猫にいいきかせ、台所の外へ欠けた皿を出し、煮干ジャコを入れてやった。

翌朝はもう当然の様に私に食べ物をねだって足にからみついてくる。

あの日から今日は六日目、朝起きて来た直が猫を見つけ歓声を上げながらよちよち歩いてつかみに行くと、昨日までされるがま、の猫は直の手からするりと抜けると庭の方へ逃げていく。それからはもうどんなに追いかけても決して直の手にはつかまらない。

私は食べ物を与えながら、とうとうお前の作戦にのせられてしもた。とつい口に出して云うのだった。

一九七三年八月

寒牡丹

大和高田の駅から乗ったタクシーの運転手に、「寒牡丹でっか、もう遅おますなあ。」と笑われた。

奈良県北葛城郡当麻町染野《しめ》、石光寺は染寺とも云う。寺のうしろに二上山がやわらかい線を描きねむり、あたりは絵の様に静かな田園風景である。

素朴な山門をくぐる。寺苑は寺というより何処かの庭園といった明るさ。正面右寄りの本堂の大きな如来様の坐像に小手を合すと、どこのお寺でもこのようなにおいを嗅いだことのない上等の香が漂って匂ってくる。

堂前の藁がこいの寒牡丹の鉢をのぞくと、既に崩れかけていた。思わず、遅かったかなとつぶやく。中年の人のよさそうな、セーター姿の梵妻《だいこく》さんが、裏庭の方にまだ沢山咲いてますよ、という。

本堂の横に石楠花と思われる、葉先に堅い蕾が一っぱいついた潅木を、これ石楠花ですか、とたづねた。

見渡すとずい分石楠花も多い。

大寒の最中なのに日射しがやわらかく、奈良の底冷えを心配して、少々厚着して来た背中が　ぬくすぎる位である。

綺麗に手入れの行き届いた庭のかこいを端から順に下から覗く。二上を背にして、方角はわからないが、日射しを抱き込む様にかこわれた牡丹は小さな花を懸命に咲かせている。

今年は暖冬で早くから咲いたそうだ。散ってしまったもの、三分咲きのもの、浅緑の葉の先に一点紅をさした様にほころびかけたものや、また先々咲くであろう沢山のかたい蕾も、いきいきしていて急激な寒ささえなければ、その清楚な美しさを永く楽しめるだろうと思った。

柴折戸が開かれてある奥庭は近頃建ったらしい僧坊が鍵の手に庭に面していて、その前に藁がこいが並んでいる。

その中の一輪は、まことに美しく、清麗とでもいおうか、気品高く濃い。牡丹色の花は寒気がここに凝ったかの様。花びらは折柄の日に輝き、その美しさは、春の牡丹とは異なるよさがある。それはこの季節に咲かんとする、花の精気の様なもの、ためでもあろうか。

ひたすらにこもり色濃き寒牡丹

急に空が曇ってきて花びらの色が一しお昏く濃くなる。時雨雲が山の方からゆっくりひろがってくる。

白い花が少ない。散った花びらを拾って手にのせると、不思議なことに雪片の様な冷たさであった。私はそっとそれを地にもどす。

裏庭の中程に或る高名な俳人の真新しい句碑が建っていた。

背山より来るかも飛雪寒牡丹

二、三回口誦んでみた。
やはりいい句だなと思う。

庭のあちらこちらに八重の寒椿がしたたる様な、ぽったりした花を一ぱいつけていた。椿の強い花と寒牡丹が対照的である。

かげっていた雲から時雨れて来た。

雨宿りしている私たちに静かなときが流れる。

中老年の婦人、二、三人連れの幾組かが影のように庭をめぐり、いつの間にか見えなくなった。

二上の辺よりかげり来寒牡丹

一九七三年二月

よその花

早春とはいえ馬鹿陽気の日和がつづく。久しぶりで魚をたべたいと思い、砂山の魚屋さんへもう久しく行ってなかった事もおもい出しぶらっと家を出た。

家の近くの公園は午前中なので子供達の影も見えない。ポプラの裸木が　暖かな日ざしにぬくぬくと立っている。

公園の前に都忘れをいっぱい植えた家がある。

買い物の行きかえりにその可憐な花色につい足を止めたものだった。その家の門前がいやにきれいに片付いている。よく見ると都忘れは綺麗にぬきとられてしまっていた。

砂山公園はその地域でも割合広い公園で近頃は大人や子供達もよく来て賑やかである。

その前は住宅が道をへだてて建並んでいる。私がこの地区へ来た時分はまだ公園も出来てなく、あたり一面草が茂り、岩の様な庭石がごろごろころがっていてその間にバラックの家がポツンポツンと建っていた。

道がはっきり出来た四五年後に、ぽつぽつ建てだした。その家の一軒は鰹節屋で店に削り機を置いておじいさんが何時通っても削っていた。

折々そこで買ったこともあったが客は一人もはいってなかった。その後、南と北に大きな市場が出来たためか店はいよいよ閑の様だった。数年後その家はしもたや風に改築されて店であったところが、どうやら応接間にでもなった様で、入り口にドアなどとりつけられた。やはり商売は市場に喰われ、つづかなかったのだろう。それともあの老人が死んで、サラリーマンの息子の代にでもなったのだろうか。そこの入り口に芙蓉が植えてあったがいつの間にか大きくなり、西向の家の窓は、芙蓉の日覆で朝露をふくんだ淡紅色の花が傘の様に窓辺に咲くと　私の買い物の往き返りは楽しくなった。夕方足りぬ買い物等に出るともう花は半ば閉じはじめ　うす紅がやや濃くなり夕ぐれの浅葱色の空に一そう美しさを増した。芙蓉は一日花の命の短い花だが、ひらき始め、閉ざしかけ　散った様と　花に微妙なうつりかわりがあり、私の詩心をそそった。

都忘れの美しかった家の前を、花を惜しみつつかつぶし屋の前へ来た。私はしばらくその家の変わり方に足をとどめてしまった。あの大きな芙蓉が見当たらない。入り口の様がすっかり変わってしまっている。

庭師が入ったのか自然石の石垣になりその上に、ヒョロヒョロした山茶花が竹に括られ生垣になり、せまいところに庭石をいれ、例のよろめいたような松が植えられ、たしか芙蓉のあとに枝振りをためた　ひねこびた紅梅が植えてあった。

私は道を歩いていてよその家の庭にある四季の花をたのしむ。あの家は芙蓉、あそこは額の花、ここはさるすべり、泰山木等と花時は少し廻り道してでもそこを通ることにしていた。

真砂町のバス停を利用する私には、その花々を見るコースでもあった。

私の家を真直ぐ突あたり南へ四五間行ったところに、ほととぎす草を四斗樽に植えたあんまさんの家があった。ほととぎす草は目立たぬ花だが何となく好きで、又あまり何処でも見かけぬ花で花時はその家の花で堪能した。

惜しくも昨年その家が新築されて、あんまさんの姿も、ほととぎす草も二度と見られなくなった。

そこから東長町の方へ行き南へ二、三軒行くと葛作りの上手な老人の家がある。その家の入り口に、あまり大きくない泰山木だか、花の時は木に似合わぬ立派な花が目の前に見えて私は好んでそこをよく通った。

ある日その泰山木が伐られていた。改築のための犠牲であった。

泰山木の家から茶屋ノ丁へ曲がる角に、今時市内の真中に、こんな家も珍しいと思う様な庭のある家があった。二百坪程の庭は、庭とはいえ荒れ放題で草は生え放題の中にすすきと立葵が群がってい て、小さな古い家は廃屋に近く、人が住んでいるのかわからなかっ たが、ある夏に老婆が一人地を這う様に草を刈っているのを見かけ た。色とりどりの立葵が実に美しかったのでお婆さんにほめたら、 二三本根から抜いてくれたことがあった。

秋は薄の穂が風になびいて、月の夜など通ると深草の少将でも通 って来そうな家であった。

昨年早々通ったら庭も家もしっかり整地されていた。そして知ら ぬ間に立派な家が建ち、庭師の入った無味乾燥した庭となっていた。 一月ほど前、その家に長い葬儀の列がつづいていた。多分あのお ばあさんのだろう。

私はしばらく黙祷をして前を通り過ぎた。


いよいよ近くから花が消えてゆく。

しかし私には取って置きのところがある。

私の家から二丁程のところにある西要寺で、このあたりに珍しく

大きな寺で、官営や寛文の年号の入った墓石が沢山残っている。

庫裏の裏庭に樹齢百五十年位の泰山木が天上に明花を捧げ、初冬は方丈の寂けさの中に茶の花が金色のしべを輝かす。

この間行くと、白い冬椿が、けがれなき花辨を地に敷きつめ、藪椿が照葉の間に燃える様に開き始めていた。

本堂へ廻ると　陽春の魁のような白木蓮が浄らかなつぼみを空にこぞっている。

萩の切り株に米粒程の芽が発花を約束するように出始めていた。

一九七三年三月

鎌倉にて

寿福寺はまだ遠いですか、と地図に鎌倉駅から十分と書いてあったが、いつもの癖で、私はしもたや風の酒屋さんでたずねた。

ああそこを真直ぐ行き始めての辻を左へ行くとすぐです。と親切に教えられた。

かげっていた陽が照り出したが、爽やかな風が吹いて気持ちがよい。

教えられた道を左折したら道筋はひっそり静まり　小さな　木の門構えのこじんまりした家が並んでいる。庭木が繁って立派だが草深い庭が垣間見え　気取らぬ庭である。ことに椿の大きな樹が多い。その様なとある一軒に室生犀星（坪井英夫）と墨書きの粗末な木札が打ち付けてある家があった。小さな寺院の前に出た。寿福寺であった。あまり何気もない寺でもう少しで素通りするところである。

鎌倉へ行きたくてという程さし迫った事もなく、次男と前日七時頃東京で会い、一泊して　そのまま引き返して帰るのも芸のないことと思い、明日鎌倉へでも行こうかと思う　と云うと、僕も一緒に行くよ。仕事休んでまで、と云ったが、一日ぐらい付合うよとついて来た。私達は翌朝少し早い目に下宿を出た。

寿福寺の歴史は鎌倉でも古いと聞く。

二度の火災に会って佛殿は消失したとある。右手の本堂をのぞくと、やはり新しい堂が木の間がくれに見えたので、中門を通らず、横手の木下闇の少し坂になった山道をのぼる。

再び日がかげってきて風が少し強くなってきたのか新緑の　椎や欅の木が大きく揺れている。山腹の崖に大小のやぐらの墓地が並んでいて、坂を登りつめたところに　実朝と政子の墓がやぐらを隔ててあった。

榕の枝を供草としてやぐらの中は割合広くじっとり湿って苔むしたなか大きな墓が一つ。手を合わせているとどこかで引き込まれるように蟇が鳴き出した。たしかこの寿福寺に虚子の墓があったはずと地図を見るとやはりあった。

やぐらがもう切れて普通の墓地になったが見当たらない。落ち葉を掃いていた中年の奥さんにたずねた。ああ虚子さんのお墓　あのやぐらです。と指さされた。もう終わりだと、はっきり見ず通り過ごして来たところにあった。

そこは政子母子の墓の陰気さはなく、中は以外に明るかった。

小さな墓が三基立っていた。昨日、今日にでもお詣りした様に立派なお花が新しかった。誰か旅の人でも挿し添えたかこの山道のあちらこちら咲いているつるでまりの一枝が添えてあった。墓の前に一粒づつ青梅が供えてある。息子が　水汲んで来ようか、と、高浜と定紋入りの　あか桶をかりて下の井戸へ降りていった。

老鶯がしきりに鳴く。このあたりも雨が多かったのか、木々の青葉若葉がきらめく様に美しい。前方が開けたのみの山つづきは静粛そのものである。

水が来た。ねんごろに水を注ぎ、俳縁のみの人ながら、ふかく合掌する。

寿福寺をあとに鶴ヶ岡八幡宮への道を、ぶらぶら歩く。町名は雪ノ下。シーズンオフか道で行き会う人は地の人と見える。中年以上の買い籠をさげた質素で清潔な単衣を着流した昔の奥様風の人達であった。

鶴ヶ岡八幡宮の見事と云うよりない大銀杏を下から仰ぐ。新緑の深い樹には勢いがあって、恐らくあと幾世紀も生きつづけてゆくことであろう。

参拝をすませ、裏参道より出る。すぐ近くときく頼朝の墓をたずねる。わずかな石段を登ると、木下闇に　頼朝らしき孤高な墓碑がぶっきら棒に建っている。

そこから鎌倉宮はすぐであった。

神社は明治初年の建物だけに空しい様な明るさがあった。しかし私の鎌倉見物にははずせないところである。

人気のないお宮の横手から入って土牢の前へ来た。

「ここは誰を祀ったお宮？」

と、息子がきく。

「護良親王よ。家の先祖がこの人に従い来て海南に住みついたと、大祖母さんに聞いたので、親王の殺された此処へは是非訪ねたいと以前から想っていたのよ。」

私は息子に、曾祖母にきいた、嘘の様な話をした。

わが先祖が、護良親王（後醍醐天皇の第三皇子。落飾して尊雲と称し天台座主に補せられ、大塔宮という。僧兵の将として倒幕を計り、奈良、吉野、高野と潜行、諸国に令旨を発し建武の中興を招来、征夷大将軍に任ぜられたが、のち、足利尊氏のため鎌倉に幽閉され、建武二年、足利直義の臣渕辺義博に殺された。一三〇八―一三三五）に侍し十津川、熊野と親王に従ったが、後紀州に残ったと云う事である。

私が小学校に入った頃だった。奥座敷の西側の縁つづきに、おられと私の家では云っている納戸の様な細長い部屋があった。昼も薄暗く、じっとりと湿った、如何にもうす気味の悪いところで、その奥に風呂場があったが、風呂に入るのも恐ろしく誰かと一緒でなければ行けなかった。子供達が悪戯をして折檻される時のおどし言葉は「おられへ入れる」であった。

年に一度の大掃除のとき、そこの物を出して日に当てるのだが、そのがらくたの中に雛人形や五月人形の箱もまじっていた。

その年の大掃除の時、古い箱の座った間から煤けたようなつづらが見えた。私は恐いもの見たさに、手伝いの職人さんに、明けてもらった。こわごわのぞくと、中に真黒い、ぞろりと重たそうな物が入っていて、私は祖母か母の古い人形でもと期待していたのにがっかりして、不平を曾祖母に云いに二階に行った。

あれは先祖の鎧で、うちは護良親王に従いて来たこと。永正寺に預けてあった系図を先祖が売ってしまったこと等、曾祖母の話である。

当時護良親王等とは私にはわからず、古いえらい人だろうくらいにしか受け取れなかったが、ついぞ自慢話なぞしたことのない曾祖母が、誇らしげに話した顔が今も目に浮かぶのだった。

その鎧を後年もう一度見たが、鎧と云う様な華やかなものでも荘重なものでもなく、よく忍者の着る様な、濃紺一色の鎖帷子の様な感じのもので、手に取ればぼろぼろとくずれてしまうような代物であった。

（今はどうであろう。私の母は自分の世になると家の中の古い物はしょっちゅう出して人に貰ってもらえるものは上げ、屑屋に払うものは払って整理するのが好きであった。この間たずねたらもう家に古い物など残っていないと、弟の嫁の話である。）

その話しが本当なればわが先祖は極下っ端の雑兵の様なものだったかも知れない。

しかし、私の記憶にはたしか曽祖父はよく「うちは　稲井稲葉の守と云うたんや」と云っていたのも覚えている。あの時代守という呼称があったのか、どうもいよいよこの話も眉唾という様な気もしてくる。

私の突拍子もない話に息子は

「ふうん」

と云うと興味なさそうに土牢の中を一寸ぞんざいにのぞいただけであった。

ここに一人狂信的な人物が短い凄惨な生涯を終えたとは想像もつ

かぬ。きれいな岩窟を常夜灯が照らしている。

「明日は雨かな」

と息子が欅の大樹のゆれているあたりを眺めている。

少し行くと首塚があった。

この暗い歴史に終止符の打たれたところである。それにしてもさっぱりとととのいすぎている。小さな柵の中、塚は平らにならされて楠落ち葉が風に音を立てて舞込んでいた。

一九七三年七月

蚕

軒に護符幾代つづく蚕飼の家

*一令の蚕部屋温めて暗くして

黒板に日誌途切る夏蚕飼

蚕飼の灯笛吹川の夕靄に

この蚕らにたましいありや繭ごもり

〈自句自解〉

昨年五月欅の巨木を見に山梨の豊富村という処をたずねた。

その家の裏手に蚕飼の家があった。

その村は昔から養蚕の盛んなところであったという。その古い家

一令（いちれい）令とは生育の計り方。蚕は、卵からふ化したあと、約4週間で4回脱皮して糸を吐くようになる。ふ化したばかりを毛蚕、又は蟻蚕と呼び、このときが一令で、脱皮するごとに令を重ね、糸を吐くのは五令。養蚕は、卵から一令の幼令までは高度な技術と環境が要るため、共同蚕室で飼育される。

の深庇《ふかひさし》の軒に富士神社の護符が幾つも掲げてあった。蚕飼のことをたずねると品のいい老婦人が気さくに家のそばの大きな飼屋へ案内してくれた。

薄暗い室内は暑い程暖房がきいてむっとする。その中に一令ときいた蚕が広い部屋いっぱいに桑の葉にすがりついていた。この蚕が成長して十倍もの大きさになるとどうなるだろう。

桑を食べる音が小雨の降るようである。

大きくなった蚕が食べなくなりやがて動きもにぶくなって透き通ってくると繭となっていく。その幻想的な営みは虫の世界の中で最も美しく不思議な出来事であろう。そのおびただしい蚕たちは何をおもいつつ糸の中に自己を埋没させていくのでしょうか。或はその蚕の一つ一つにもたましいというものはあるのでしょうか。

私のおもいはその小さな虫達を見つつひろがっていくのでした。

一九八八年五月

うぐいす

今年は暖冬であったのに例年の様にまだ鶯の初音を聞かない。もう十年来この空気の悪い庭に鶯は来つづけている。

笹鳴きは初冬から今年へかけて藪の下の方でちらちらして飛び交いながら、例の小石と小石を打ち合わす様な音を立てる。

三月の半ば頃庭のこちらからよく見える低い木に蜜柑の輪切りを刺しておいたらそれに群れていたが一羽も鳴くのはいなかった。

三月二十四日　夢の中で鶯の鳴声を聞いた様に思って目が覚めた。時間を見ると五時半であった。

するとつづいて十分位も鳴きつづけたであろうかその鳴声は玲瓏としてもうすっかりととのっていた。昨年二月半ばに聞いた初音のあのたどたどしさとは大違いである。

その日は昼頃と夕方もよく鳴いた。それから毎朝同じ位の時間に鳴くのであった。

この頃夜更かしが嵩じて一時か二時頃寝る癖がつき五時頃にはぐっすり寝込んでしまって何があろうと目が覚めるはずはないが鶯の鳴き声にこうも毎朝目が覚めるのは不思議でならない。

三年程前のこと八代へ鶴を見に行く旅に四時起きしなければならなかった。私は早起きは苦手でどうしょうと言うとIさんが電話で起こすと言ってくれた。

「まあ十回位で目が覚めるわ」と私は言い、その朝ベルで起きて「幾つ位で取った」と聞くと六十三回とき気の毒でもう二度と電話コールは頼めないと思った。

それから半年位後、又早起きの旅でOさんが起こしてあげると言ってくれた。「今度はきっと目が覚めるわ」と私は言ったが五十五回ということでわれながらあきれてしまった。

早朝大きな雷が鳴ったね、とか地震が揺すったときいても知らずに寝込んでいた私が鶯のあの透き通る様な鳴き声にだけはぱっと目がさめるのは私の耳はどうなっているんだろうか。

一九九〇年三月

高野山の沙羅

七月十六日、高野山へ。今年は沙羅の咲くのが早かったそうだが、西宝院の大樹にはまだ沢山蕾が残っていた。

そこの横手の、広い庭園を覗くと、蓮の花が見えたので無断だったが見せてもらった。花はやや小形だが花びらの紅色が透きとおり、まるでこの世のものとも思えない。人にたとえれば楊貴妃とでもいいたい様な美しさ。しばらく言葉もなく立尽くしていた。その後山彦庵へ先生をおたずねした。

先生は大そう順調に快方へ向われているご様子でした。作句、選評などぼつぼつやられる様になりました。と、奥様のお話であった。西宝院で沙羅を見せて貰って来たというと、蓮が咲いていましたか、とたずねられた。きれいに咲いていてうっとりしました。と言ったら、あれが大賀蓮です。とのことでした。今年はあの蓮の開花に出会えたのが、仏縁とかいうものではなかったろうかと、私なりにおもっている。

一九九〇年七月

ある日

十一月二十三日、四木句会　自宅にて

しばらく朝夕冷え込みがつよい日がつづいたが、当日はよい日和となって暖かになった。今年も昨年同様、風がなかったせいか、街路樹にも葉がびっしり残っていて、夜の冷えが黄葉の美しさをみがき出している。

九月以降真國さんの訃報をきいて後、五人の知人を見送った。あちらこちら句会へゆくが、いずくも高齢の方々で、若い人の入会が少ないという。

毎年うぐいすの鳴声をきいたのに今年は一声もきけず、五月早々一度きいただけと以前書いたが、九月の末頃、庭木のしげみで、何か動き廻っているのでよく見るとうぐいすであった。
笹鳴きには少し早いと思ったが、見ているとチョッ　チョッとあの獨特の鳴声で動いては鳴く。その後十月に入っても鶯をよく見かけるようになった。かれた竹薮をつい人手がないので、そのままにしていたら、どこから飛んで来てこぼれたのか、炎花、美男葛などの蔓草が枯竹に巻きついて花を咲かせ出した。一昨年と昨年はその枯竹の裾に鉢植えした夕顔を置いたら枯竹を杖にして花が十二月まで咲きつづいた。今年もやはり二つ苗を買って竹の下へ置いたが、葉ばかりしげって、秋も終わりになってしまっても一花も咲かずじまいであった。このところ、その枯竹のあちらこちらから、竹が芽を出して貧相な葉が茂り出した。蔓草がその上に覆いかぶさり庭は一そうきたなくなってしまった。

一九九五年十一月

あとがき　―句集出版と母・野村泉の思い出

母が俳句を始めたのは、次男の私が東京の大学に入ってからである。兄はすでに関西に就職し家を離れていた。その時同時にお茶とお花も始め、しばらくすると家で教えるようになっていた。子育てが終わり、この時期は母にとって新たな人生の始まりだったのだろう。

俳句についても、傍で見ていてもとにかく熱心だった。小さなノートを常に持ち歩き、毎日夜は推敲を重ねていた。和歌山県内のいくつもの句会に、一週間に数回という頻度で、通っていた。各新聞社が主催する紀州俳壇などにも投句し、掲載された母の句を見ることがあった。

大学を出た私は、そのまま東京に就職した。結婚し子供もできたが、正月や夏休み、ゴールデンウィークなどには時々実家に帰ってきた。私の方は、一緒に帰省するメンバーは変化したが、毎晩俳句を推敲する母の生活パターンは、何年経っても変わらなかった。我が家の次女が小学校に行くころには、自宅でも句会が行なわれ、母の作句活動は、衰えを見せることは無かった。句会の仲間を連れて、吟行に行った先々の野次喜多道中振りや良かった旅館の様子を、面白おかしく話しし、それを聞くのが、実家に帰ったときの日課となっていた。

そんなこともあって、生前から母に句集を出すことを勧めてきた。20年程前に一度、そして10年程前にも勧めたが、他の人の句集をみて自分は出すつもりはないと言う返事だった。

二年ほど前に話したら　今度は断らなかった。

そこで、少し作業を始める準備をしていた。

ところが、その途中で母が二度目の脳梗塞で倒れた。２００５年末である。

あれだけ生活と表裏一体になっていた俳句に対しても、見向きさえしなくなった。句集を出すという話しは中断し、母の介護に追われた。

翌年の2006年3月、回復しつつあった母が再び倒れ、6月に自宅で息を引き取った。

息を引き取る数時間前、夕食を少しだが食べディケアセンターしあわせの中本所長に手を握ってもらいながら逝った。意識がなくなる間際まで、俳句を続け、勢いっぱい生き、そして安らかに亡くなっていった。

母の遺言どうり、身内だけの葬儀を終えた後、句会の関係者には「偲ぶ会」を開いてもらい、弔句をいただいた。

その時「遺句集」を出すことをなんとなく約束した。

和歌山では「紀伊山脈」という俳句誌を一年に一度出している。結社を超えた県レベルの俳句誌で、和歌山に縁のある俳人は自選句を10句出句し、それがそのまま「紀伊山脈」に掲載される。1952年から続き、50集を越え近年は、選者が30余名、出句者は500人前後に上る。母も40年弱出しつづけていた。この「紀伊山脈」がその作業に当たってての頼りだった。

これまでも帰省の折に、母の句は見た。

その中で前書きで紹介したいくつか覚えているものがある。

私自身も良くわからない句として

蛇入りし　土蔵の中の　真暗がり

があった。

これは偲ぶ会のときに私が覚えている句として「蛇入りし・・」と言い始めると、参加された皆さんが、唱和して「土蔵の中の　真暗がり」と続けられた。何十年も前の他人の句を覚えているこの俳句の世界に改めて驚かされた。

母は「紀伊山脈」に出句した句を「俳句自選集」という日記帳型の本に書き写していた。偲ぶ会、新盆を終え、この「俳句自選集」を読んだ。

母の作ったものを一度に目を通すのは初めてだった。

読んでみて、少し体系分けした。

そうしたら、母の句が身近なものになってきた。
庶民の生活の息づかいの聞こえてくる句であった。
・季節ごとに訪れる自然への感動
・残して行きたい日本の風習、風物詩
・一つ一つの生活の断片のきらめき
・わび、さび、そして狂言の世界
・誰もがくぐる人生の喜怒哀楽
・不条理な社会への怒りと悲しみ
・女性としての生き方と叫び
俳句という自己表現の場を貫いて、庶民として生き抜く姿がそれぞれにちりばめられていた。

そこで単なる遺稿集とするのではなく、私のように俳句の素人の人にも分かるような本にして出したいと考えた。また生きてゆくことが大変になり、いじめや虐待のニュースが絶えることがない社会となっている。必死で生き抜いてきた人生が分かりやすい形で凝縮されている母の句は、何か役立つのではないかとも考え出版という形で出すことを考えた。

母のお弟子さんの窪田千代さんの助けをかり、句の意味、季語の意味を教わりながら少しづつまとめていった。


母の俳句活動は、毎週いくつもの句会に顔を出し、吟行にもでかけ、いろいろな俳句会に所属したり、門をたたき、驚くほど多彩であった。和歌山市に住む母は、市の大新句会、9年母句会、後には、四木、和歌浦公民館俳句会、市から紀勢西線で南下して、海南市のけいてき俳句会や湯浅や熊野の吟行、田辺市の句会に出かけ、一方和歌山線で根来や高野山の句会に出かけたという。紀伊の国、和歌山県全域がフィールドだったといえる。

けいてき俳句会（小野田凡二主宰）は、母がおそらく最初にかかわり、作句と表現方法を一から教わったところであり、今回母が残したその会報を整理していて、母にとって大きく影響を与えたことが窺い知れた。またここから、和歌山のいくつかの新聞の紀州俳壇の選者が育っていたことがわかった。

母が亡くなって、身内の私たちが知らなかった母の姿が、浮かび上がった。母のお茶の教室に通っていた書道家の中村汀花さんは、いつも着物姿だった母のことを「最期の日本人」と表現した。日本人という言い方が、身内の私にとって新鮮だった。近所の主婦は、母がなくなったことを伝えたところ、着物を着て自転車で買い物に行く、元気なおばあさんでしたと。父がなくなってから13年、元気に一人暮らしを続ける母は、近所でも評判だったようだ。一人暮らしをさせた身内としては、複雑な気持ちで聞いた。

和歌山新報の選者で大新俳句会の木村一朝さんは、〝男のように気風の良い方だった。超党派の活動スタイルで、どこの俳句会へも顔を出し、遠慮なく意見を言い、当時から俳句をやっている和歌山の人で泉さんを知らない人はいない〟と語ってくれた。

元産経新聞の選者の岩内萩女さんは、〝行動力抜群でここがいいという話しをしていると次の時にはそこに出かけてきたというような人だった。ご主人はどのような人かと思っていた。泉さんがくると句会は話題が多くてにぎやかになった。〟と。

母が主宰していた四木の会の西村輝男事務局長は、母から〝句を残しなさい。俳句は財産。〟とたびたび言われた事や、そのことは母の口癖で、病院に入院したお弟子さんにも、投句だけは欠かさないように勧めていたようすを話された。作句活動への集中は、病気や死を前にした人たちにとっても、痛みや病気への不安を忘れ、自然体で病や死と向かい合い、周りの人への感謝を忘れない効果のあることを知っていたのだと思う。

窪田千代さんも、ご主人を無くした後、母の句会に誘われて参加したという。最初に参加した句会で、何人かの選が入り気を良くして続けだしたという。母が最初に脳梗塞で倒れた時、電話にでないを心配して駆けつけた窪田さんが早期に発見してくれて、事なきをえた。

母は、高齢化の進む社会の中で互いが元気に楽しく生活してゆく方法を実践していたといえる。又そのようなささえ合いの恩恵も最も受けてきていたといえる。

大正から昭和に掛け、八人姉弟の長女として育ち、戦争の時代をくぐり姉弟二人になってしまった体験から戦争と当時の為政者を憎む気持ちは強かった母。竹やりの訓練に借り出され、竹やりで飛行機に立ち向かう愚かしさを私には何度も話してくれた。洋画が好きで、小さい時から何度も映画館に連れて行ってくれた。私のほうは、帰りに食べさせてもらうアイスクリームが楽しみで付いていったが、母はゲイリークーパーの大ファンで、おそらく当時上映された映画はすべて見ていたのではないかと思う。戦前身内が死んでも万歳を叫ぶ国民総動員の中で感じた母の違和感こそが真実だったと欧米の映画を通して改めて感じていたのかも知れない。

私の中学や高校時代の母は、仕事と家事に忙しく働く姿しか覚えていない。母が亡くなって遺品を整理していて見つかった随筆を通して、母が忙しい生活の中でも近所の家々の庭や木々の様子に移り変わる身近な自然を楽しんでいたことが分かった。

おそらく無骨な男兄弟だったので、そうしたことを話しさえできなかったのだろう。

近親者や身近な人たちの間では、竜巻のような勢いのある元気な人という印象の母が、俳句を通して表現した世界は多様で意外な面もあった。母がためた俳句のノートや母が通った句会の句集などの資料は、ダンボール十箱となったが、その資料の多さにあきれつつも整理、編集のために和歌山に通う日々も又楽しかった。

俳句を残した母と、その母を育て支えてくれた人たちと母が訪ね歩いた日本のふるさとの自然、文化、伝統、風物に感謝したいと思う。

（追）

小野田凡二さんはその「けいてき」俳句集の中で、選評は俳句とは別の創作活動であるとたびたび言われている。今回母の俳句を解説するのに小野田凡二さんの選評を掲載させていただいたが、掲載にあたり故小野田凡二さんの息子さんでルバング島から帰還された小野田寛郎さんから快く承諾をいただいた。ここにお礼申し上げる。

またこの本を編集するに当たり、俳句には素人の私にいろいろとお教えいただいた窪田千代さん、装丁に使わせていただいた揮毫を寄せてくださった中村汀花さん、推薦文を書いていただいた小倉一郎さん、編集の手伝いをしていただいたイマジン出版編集部の青木菜知子さんに、野村彰（長男）と共に感謝いたします。

青木泰

紀伊の風のように
―下駄履きで詠んだ五七五―

発行日　二〇〇七年七月七日

著　者　野村　泉
編　者　青木　泰
発行人　片岡　幸三
発行所　イマジン出版
〒112-0013　東京都文京区音羽1-5-8
電話　〇三（三九四二）二五二〇
FAX　〇三（三九四二）二六二三
ホームページ　http://www.imagine-j.co.jp/
印刷所　株式会社シナノ
俳書　中村汀花
定価　一五〇〇円

ISBN978-4-87299-452-0　C0092　¥1500